U0120073

耂 華志文化

華志文化

華志文化

華志文化

序

在台海交流日益密切的今天，我們需要一本攜帶方便的兩岸用語對照表。希望這本小小的工具書能滿足使用者的需求。

本表可以用台灣的正體字以注音排序的方式查詢大陸用語及簡體字，也可以用大陸用語的簡體字以總筆劃數排序的方式查詢台灣用語及簡體字。

作者　蘇勝宏

目錄

一、由台灣用語查大陸用語——以注音排序

（由台湾用语查大陆用语一以注音排序）

台灣用語	大陸用語	台灣用语 （简体）	大陆用语 （简体）
A型肝炎	甲型肝炎	A型肝炎	甲型肝炎
B型肝炎	乙型肝炎	B型肝炎	乙型肝炎
ㄅ			
巴貝多	巴巴多斯	巴贝多	巴巴多斯
巴特萊	巴特利	巴特莱	巴特利
巴奈特	巴內特	巴奈特	巴内特
巴拉馬利波	帕拉馬里博	巴拉马利波	帕拉马里博
巴羅	巴洛	巴罗	巴洛
巴士	公交車	巴士	公交车
巴士特爾	巴斯特爾	巴士特尔	巴斯特尔
巴澤爾	巴茲爾	巴泽尔	巴兹尔
巴薩羅繆	巴薩洛繆	巴萨罗缪	巴萨洛缪

ㄅ

台灣用語	大陸用語	台湾用语 （简体）	大陆用语 （简体）
巴爾克	伯克	巴尔克	伯克
伯頓	伯坦	伯顿	伯坦
伯里斯	鮑里斯	伯里斯	鲍里斯
伯騎士	伯吉斯	伯骑士	伯吉斯
伯恩	伯爾尼	伯恩	伯尔尼
泊車	停車	泊车	停车
柏得溫	鮑得溫	柏得温	鲍得温
柏特萊姆	伯特倫	柏特莱姆	伯特伦
柏納	伯納德	柏纳	伯纳德
柏妮絲	伯妮斯	柏妮丝	伯妮斯
柏格	博格	柏格	博格
柏吉爾	柏哲	柏吉尔	柏哲

ㄅ

台灣用語	大陸用語	台湾用語 （简体）	大陆用语 （简体）
柏莎	伯莎	柏莎	伯莎
柏宜斯	博伊斯	柏宜斯	博伊斯
擺夷	傣族	摆夷	傣族
拜爾德	貝爾德	拜尔德	贝尔德
北韓	北朝鮮	北韩	北朝鲜
北極海	北冰洋	北极海	北冰洋
北葉門	北也門	北叶门	北也门
貝芙麗	貝弗利	贝芙丽	贝弗利
貝南	貝寧	贝南	贝宁
貝拉	貝爾	贝拉	贝尔
貝里斯	伯利茲	贝里斯	伯利兹
貝琳達	比琳達	贝琳达	比琳达

ㄅ

台灣用語	大陸用語	台湾用语（简体）	大陆用语（简体）
貝琪	貝特西	贝琪	贝特西
貝絲	貝斯	贝丝	贝斯
貝爾墨邦	貝爾莫潘	贝尔墨邦	贝尔莫潘
貝爾格勒	貝爾格萊德	贝尔格勒	贝尔格莱德
蓓姬	佩奇	蓓姬	佩奇
保險套	避孕套	保险套	避孕套
保磁性	頑磁性	保磁性	顽磁性
報導文學	報告文學	报导文学	报告文学
暴投	野傳	暴投	野传
鮑伯	鮑勃	鲍伯	鲍勃
班奈特	本內特	班奈特	本内特
班尼迪克	本尼迪克特	班尼迪克	本尼迪克特

ㄅ

台灣用語	大陸用語	台灣用語 （简体）	大陆用语 （简体）
班克羅福特	班克羅夫特	班克罗福特	班克罗夫特
班基	班吉	班基	班吉
班傑明	本傑明	班杰明	本杰明
班竹	班珠爾	班竹	班珠尔
班森	本森	班森	本森
半形	半角	半形	半角
絆創膏	護創膏	绊创膏	护创膏
本益比	市盈率	本益比	市盈率
幫浦	泵	帮浦	泵
比其爾	比徹	比其尔	比彻
比索	比紹	比索	比绍
比尤萊	比尤拉	比尤莱	比尤拉

ㄅ

台灣用語	大陸用語	台湾用语（简体）	大陆用语（简体）
畢夏普	畢曉普	毕夏普	毕晓普
畢維斯	比維斯	毕维斯	比维斯
碧翠斯	比阿特麗斯	碧翠斯	比阿特丽斯
飆漲	瘋漲	飙涨	疯涨
飆車	高速開摩托車	飚车	高速开摩托车
邊線裁判	巡邊員	边线裁判	巡边员
便當	盒飯	便当	盒饭
賓士汽車	奔馳汽車	宾士汽车	奔驰汽车
冰棒	冰棍	冰棒	冰棍
冰店	冷飲店	冰店	冷饮店
病患	病人	病患	病人
不列顛國協	英聯邦	不列颠国协	英联邦

ㄅ

台灣用語	大陸用語	台灣用語（简体）	大陆用语（简体）
布德	博依德	布德	博依德
布袋戲	木偶戲	布袋戏	木偶戏
布尼爾	伯尼爾	布尼尔	伯尼尔
布拉得里克	布拉德里克	布拉得里克	布拉德里克
布拉薩市	布拉柴維爾	布拉萨市	布拉柴维尔
布萊迪	布雷迪	布莱迪	布雷迪
布萊茲	布萊思	布莱兹	布莱思
布萊恩	布賴氣	布莱恩	布赖气
布雷爾	布萊爾	布雷尔	布莱尔
布藍達	布倫達	布蓝达	布伦达
布蘭得利	布拉德利	布兰得利	布拉德利
布蘭琪	布蘭奇	布兰琪	布兰奇

ㄅ

台灣用語	大陸用語	台湾用语（简体）	大陆用语（简体）
布麗姬特	布麗奇特	布丽姬特	布丽奇特
布林代數	布爾代數	布林代数	布尔代数
布魯賽爾	布魯塞爾	布鲁赛尔	布鲁塞尔
布吉那法索	布基納法索	布吉那法索	布基纳法索
布希	布什	布希	布什
布茲	布斯	布兹	布斯
布松布拉	布瓊布拉	布松布拉	布琼布拉
步道	人行道	步道	人行道
ㄆ			
波比	帕皮	波比	帕皮
波頓	伯頓	波顿	伯顿
波札那	博茨瓦納	波札那	博茨瓦纳

ㄅ
ㄆ

台灣用語	大陸用語	台湾用语（简体）	大陆用语（简体）
波斯灣戰爭	海灣戰爭	波斯湾战争	海湾战争
波昂	波恩	波昂	波恩
波文	鮑恩	波文	鲍恩
珀莉	波莉	珀莉	波莉
破音字	多音字	破音字	多音字
派克	帕克	派克	帕克
派翠克	帕特里克	派翠克	帕特里克
派翠西亞	帕特麗夏	派翠西亚	帕特丽夏
派恩	彭	派恩	彭
培迪	帕迪	培迪	帕迪
培特	帕特	培特	帕特
培亞	普拉亞	培亚	普拉亚

ㄆ

台灣用語	大陸用語	台湾用语 （简体）	大陆用语 （简体）
裴吉	佩奇	裴吉	佩奇
珮格	帕格	佩格	帕格
珮兒	珀爾	佩儿	珀尔
泡麵	方便面	泡面	方便面
潘蜜拉	帕梅拉	潘蜜拉	帕梅拉
潘朵拉	潘多拉	潘朵拉	潘多拉
潘妮	彭尼	潘妮	彭尼
潘娜洛普	佩內洛普	潘娜洛普	佩内洛普
噴射機	噴氣式飛機	喷射机	喷气式飞机
噴射引擎	噴氣引擎	喷射引擎	喷气引擎
披薩	比薩	披萨	比萨
片語	短語	片语	短语

ㄆ

台灣用語	大陸用語	台湾用语 （简体）	大陆用语 （简体）
平交道	道口	平交道	道口
平劇	京劇	平剧	京剧
蒲隆地	布隆迪	蒲隆地	布隆迪
保姆	僕婦	保姆	仆妇
普萊斯考特	普雷斯科特	普莱斯考特	普雷斯科特
普利莫	普里莫	普利莫	普里莫
普利托里亞	比勒陀利亞	普利托里亚	比勒陀利亚
普莉瑪	普麗默	普莉玛	普丽默
普莉斯拉	普麗西拉	普莉斯拉	普丽西拉
ㄇ			
馬布多	馬普托	马布多	马普托
馬拿瓜	馬那瓜	马拿瓜	马那瓜

ㄆㄇ

台灣用語	大陸用語	台灣用語（简体）	大陆用语（简体）
馬拉波	馬拉博	马拉波	马拉博
馬拉威	馬拉維	马拉威	马拉维
馬勒第茲	梅雷迪思	马勒第兹	梅雷迪思
馬利	馬里	马利	马里
馬麗娜	瑪麗娜	马丽娜	玛丽娜
馬卡斯	馬庫斯	马卡斯	马库斯
馬克西米蘭	馬克西米利安	马克西米兰	马克西米利安
馬海呢	馬海毛	马海呢	马海毛
馬休	馬修	马休	马修
馬塞魯	馬塞盧	马塞鲁	马塞卢
馬爾地夫	馬爾代夫	马尔地夫	马尔代夫
馬爾他	馬耳他	马尔他	马耳他

ㄇ

ㄇ

台灣用語	大陸用語	台湾用语（简体）	大陆用语（简体）
瑪佩爾	梅莉絲	玛佩尔	梅莉丝
瑪拉	邁拉	玛拉	迈拉
瑪莉提絲	梅雷迪思	玛莉提丝	梅雷迪思
瑪律	馬累	玛律	马累
瑪可欣	瑪克辛	玛可欣	玛克辛
瑪姬	瑪吉	玛姬	玛吉
瑪琪	瑪奇	玛琪	玛奇
瑪喬麗	瑪哲麗	玛乔丽	玛哲丽
瑪西亞	瑪西婭	玛西亚	玛西娅
瑪希	默西	玛希	默西
瑪莎	瑪撒	玛莎	玛撒
瑪瑞	默里	玛瑞	默里

台灣用語	大陸用語	台湾用语（简体）	大陆用语（简体）
模里西斯	毛里求斯	模里西斯	毛里求斯
模芯	型芯	模芯	型芯
摩菲	默菲	摩菲	默菲
摩黛絲提	莫德斯蒂	摩黛丝提	莫德斯蒂
摩帝馬	莫蒂默	摩帝马	莫蒂默
摩頓	莫頓	摩顿	莫顿
摩里斯	莫里斯	摩里斯	莫里斯
摩加迪休	摩加迪沙	摩加迪休	摩加迪沙
摩爾根	摩根	摩尔根	摩根
摩爾斯比港	漠爾斯比港	摩尔斯比港	漠尔斯比港
茉伊拉	莫伊拉	茉伊拉	莫伊拉
莫布杜	蒙博托	莫布杜	蒙博托

ㄇ

台灣用語	大陸用語	台湾用语（简体）	大陆用语（简体）
莫妮卡	莫尼卡	莫妮卡	莫尼卡
莫雷	默里	莫雷	默里
莫林	默林	莫林	默林
莫洛尼	莫羅尼	莫洛尼	莫罗尼
莫三比克	莫桑比克	莫三比克	莫桑比克
莫爾	默爾	莫尔	默尔
墨巴本	姆巴巴納	墨巴本	姆巴巴纳
默片	無聲電影	默片	无声电影
脈波	脈衝	脉波	脉冲
麥倫	邁倫	麦伦	迈伦
麥格	瑪格	麦格	玛格
麥克	邁克	麦克	迈克

ㄇ

台灣用語	大陸用語	台湾用语（简体）	大陆用语（简体）
麥斯威爾	麥克斯韋	麦斯威尔	麦克斯韦
麥爾肯	馬爾科姆	麦尔肯	马尔科姆
麥爾斯	邁爾斯	麦尔斯	迈尔斯
梅蜜	瑪米	梅蜜	玛米
梅莉	梅麗	梅莉	梅丽
梅薇思	梅維斯	梅薇思	梅维斯
毛象	猛馬象	毛象	猛马象
茅利塔尼亞	毛里塔尼亞	茅利塔尼亚	毛里塔尼亚
曼特裘	蒙塔古	曼特裘	蒙塔古
蒙特婁	蒙特利爾	蒙特娄	蒙特利尔
蒙特維多	蒙得維的亞	蒙特维多	蒙得维的亚
蒙麗莎	梅利莎	蒙丽莎	梅利莎

ㄇ

台灣用語	大陸用語	台湾用语（简体）	大陆用语（简体）
夢娜	莫娜	梦娜	莫娜
米特朗	密特朗	米特朗	密特朗
米路	米洛	米路	米洛
米契爾	米歇爾	米契尔	米歇尔
密克	米克	密克	米克
蜜妮安	米娘	蜜妮安	米娘
蜜拉貝兒	米勒貝爾	蜜拉贝儿	米勒贝尔
蜜莉恩	米里亞姆	蜜莉恩	米里亚姆
蜜雪兒	米歇爾	蜜雪儿	米歇尔
蜜爾娜	默娜	蜜尔娜	默娜
繆得莉	米爾德里德	缪得莉	米尔德里德
繆麗兒	穆麗兒	缪丽儿	穆丽儿

ㄇ

台灣用語	大陸用語	台湾用语（简体）	大陆用语（简体）
穆斯林	穆民	穆斯林	穆民
穆得	莫德	穆得	莫德
穆琳	莫琳	穆琳	莫琳
ㄈ			
法蘭克	弗蘭克	法兰克	弗兰克
富蘭克林	法蘭克林	富兰克林	法兰克林
法蘭西斯	弗朗西絲	法兰西斯	弗朗西丝
佛能	凡爾納	佛能	凡尔纳
飛彈	導彈	飞弹	导弹
斐迪南	費迪南德	斐迪南	费迪南德
斐瑞	佩里	斐瑞	佩里
菲碧	菲比	菲碧	菲比

ㄇ
ㄈ

台灣用語	大陸用語	台灣用语（简体）	大陆用语（简体）
菲妮克絲	菲尼克斯	菲妮克丝	菲尼克斯
菲蕾德翠卡	弗雷德里卡	菲蕾德翠卡	弗雷德里卡
菲力浦	菲力普	菲力浦	菲力普
菲力克斯	費利克斯	菲力克斯	费利克斯
菲麗絲	菲莉斯	菲丽丝	菲莉斯
費羅拉	弗洛拉	费罗拉	弗洛拉
費奇	菲奇	费奇	菲奇
費茲捷勒	菲茨傑拉德	费兹捷勒	菲茨杰拉德
費滋	費思	费滋	费思
費怡	費伊	费怡	费伊
反飛彈飛彈	反導彈導彈	反飞弹飞弹	反导弹导弹
范倫丁	范倫廷	范伦丁	范伦廷

ㄈ

台灣用語	大陸用語	台湾用语 （简体）	大陆用语 （简体）
范倫汀娜	瓦倫蒂娜	范伦汀娜	瓦伦蒂娜
梵諦岡	梵蒂岡	梵谛冈	梵蒂冈
梵妮	范妮	梵妮	范妮
梵谷	凡高	梵谷	凡高
鳳梨	菠蘿	凤梨	菠萝
弗雷得力克	弗雷德里克	弗雷得力克	弗雷德里克
弗莉達	弗里達	弗莉达	弗里达
弗羅倫絲	弗洛倫斯	弗罗伦丝	弗洛伦斯
芙妮	達芙妮	芙妮	达芙妮
服務生	服務員	服务生	服务员
輻射天文學	射電天文學	辐射天文学	射电天文学
負面影響	反面影響	负面影响	反面影响

ㄈ

台灣用語	大陸用語	台灣用語 （简体）	大陆用语 （简体）
富賓恩	費比恩	富宾恩	费比恩
富提	富納富提	富提	富纳富提
富那富提	富納富提	富那富提	富纳富提
復判制度	復審制度	复判制度	复审制度
ㄅ			
達尼爾	達內爾	达尼尔	达内尔
達蓮娜	達琳	达莲娜	达琳
達荷美	貝寧	达荷美	贝宁
打拼	拼搏	打拼	拼搏
大馬士格	大馬士革	大马士格	大马士革
大陸棚	大陸架	大陆棚	大陆架
大陸礁層	大陸架	大陆礁层	大陆架

ㄈㄅ

台灣用語	大陸用語	台湾用语（简体）	大陆用语（简体）
大眾媒體	大眾傳播媒介	大众媒体	大众传播媒介
德古斯加巴	特古西加爾巴	德古斯加巴	特古西加尔巴
德維特	德懷特	德维特	德怀特
代客泊車	代客停車	代客泊车	代客停车
戴納	達納	戴纳	达纳
黛碧	黛比	黛碧	黛比
黛芙妮	達芙妮	黛芙妮	达芙妮
黛娜	達納	黛娜	达纳
黛兒	黛爾	黛儿	黛尔
導師	班主任	导师	班主任
丹尼絲	德妮絲	丹尼丝	德妮丝
單幫客	倒兒爺	单帮客	倒儿爷

ㄉ

台灣用語	大陸用語	台湾用语（简体）	大陆用语（简体）
單字	單詞	单字	单词
撣族	傣族	掸族	傣族
當機	死機	当机	死机
登月小艇	登月艙	登月小艇	登月舱
燈芯呢	燈芯絨	灯芯呢	灯芯绒
鄧普斯	登姆普西	邓普斯	登姆普西
鄧尼斯	丹尼斯	邓尼斯	丹尼斯
低血壓	下血壓	低血压	下血压
狄倫	迪倫	狄伦	迪伦
狄克	迪克	狄克	迪克
狄斯可	迪斯科	狄斯可	迪斯科
迪夫	戴夫	迪夫	戴夫

ㄉ

台灣用語	大陸用語	台灣用语（简体）	大陆用语（简体）
迪得莉	迪爾德麗	迪得莉	迪尔德丽
迪麗雅	迪莉婭	迪丽雅	迪莉娅
迪恩	迪安	迪恩	迪安
地板操	自由體操	地板操	自由体操
地錢	獐耳細辛屬植物	地钱	獐耳细辛属植物
地主國	東道國	地主国	东道国
帝摩斯	提莫西	帝摩斯	提莫西
帝福尼	蒂法尼	帝福尼	蒂法尼
蒂芙妮	蒂法尼	蒂芙妮	蒂法尼
電波天文學	射電天文學	电波天文学	射电天文学
電鍋	電飯煲	电锅	电饭煲
獨立國協	獨聯體	独立国协	独联体

ㄉ

台灣用語	大陸用語	台湾用语（简体）	大陆用语（简体）
杜達	特魯德	杜达	特鲁德
杜篤瑪	多多馬	杜笃玛	多多马
杜魯	德魯	杜鲁	德鲁
杜哈	多哈	杜哈	多哈
多米尼克	多米尼加	多米尼克	多米尼加
多明尼卡	多明尼克	多明尼卡	多明尼克
多明尼加	多米尼加聯邦	多明尼加	多米尼加联邦
多莉絲	多麗絲	多莉丝	多丽丝
多洛莉絲	德洛麗絲	多洛莉丝	德洛丽丝
短劇	小品	短剧	小品
鍛石	石灰	锻石	石灰
東加	湯加	东加	汤加

ㄉ

台灣用語	大陸用語	台灣用语（简体）	大陆用语（简体）
東協	東盟	东协	东盟
動脈粥狀硬化	動脈粥樣硬化	动脉粥状硬化	动脉粥样硬化
ㄊ			
塔伯	塔布	塔伯	塔布
塔吉克	塔吉克斯坦	塔吉克	塔吉克斯坦
特莉莎	特麗瑟	特莉莎	特丽瑟
特瑞西	特雷西	特瑞西	特雷西
太保	男流氓	太保	男流氓
太妹	女流氓	太妹	女流氓
太空飛彈	外圍空間導彈	太空飞弹	外围空间导弹
太空飛行	航天	太空飞行	航天
太空航行學	航天學	太空航行学	航天学

ㄅ
ㄊ

台灣用語	大陸用語	台湾用语 （简体）	大陆用语 （简体）
太空船	宇宙飛船	太空船	宇宙飞船
太空人	宇航員	太空人	宇航员
太空艙	航天艙	太空舱	航天舱
太空梭	航天飛機	太空梭	航天飞机
太空衣	太空服	太空衣	太空服
泰貝莎	塔比瑟	泰贝莎	塔比瑟
泰蜜	塔米	泰蜜	塔米
泰麗莎	特麗薩	泰丽莎	特丽萨
泰倫	泰龍	泰伦	泰龙
桃樂斯	多蘿西	桃乐斯	多萝西
陶德	托德	陶德	托德
彈簧床	席夢思	弹簧床	席梦思

ㄊ

台灣用語	大陸用語	台湾用语（简体）	大陆用语（简体）
坦克隊員	坦克車手	坦克队员	坦克车手
坦尚尼亞	坦桑尼亞	坦尚尼亚	坦桑尼亚
湯尼	托尼	汤尼	托尼
唐納修	唐納休	唐纳修	唐纳休
唐恩	鄧	唐恩	邓
堤姆	提姆	堤姆	提姆
提升	提高	提升	提高
突尼西亞	突尼斯	突尼西亚	突尼斯
土庫曼	土庫曼斯坦	土库曼	土库曼斯坦
土瓦魯	圖瓦盧	土瓦鲁	图瓦卢
吐瓦魯	圖瓦盧	吐瓦鲁	图瓦卢
托拜西	托拜厄斯	托拜西	托拜厄斯

古

台灣用語	大陸用語	台湾用语（简体）	大陆用语（简体）
托貝哥	多巴哥	托贝哥	多巴哥
團體舞	集體舞	团体舞	集体舞
通勤生	走讀生	通勤生	走读生
通學	走讀	通学	走读
通訊閘	網關	通讯闸	网关
通融匯票	通融票據	通融汇票	通融票据
僮族	壯族	僮族	壮族
潼恩	道恩	潼恩	道恩

ㄋ

拿索	納索	拿索	纳索
奈寶尼爾	納撒尼爾	奈宝尼尔	纳撒尼尔
奈登	內森	奈登	内森

ㄊㄋ

台灣用語	大陸用語	台湾用语（简体）	大陆用语（简体）
奈洛比	內羅畢	奈洛比	内罗毕
奈及利亞	尼日利亞	奈及利亚	尼日利亚
奈哲爾	奈傑爾	奈哲尔	奈杰尔
內麗	內莉	内丽	内莉
南茜	南希	南茜	南希
南葉門	南也門	南叶门	南也门
尼古西亞	尼科西亞	尼古西亚	尼科西亚
尼克勒斯	尼古拉斯	尼克勒斯	尼古拉斯
尼克森	尼克松	尼克森	尼克松
尼日	尼日爾	尼日	尼日尔
尼阿美	尼亞美	尼阿美	尼亚美
尼爾森	納爾遜	尼尔森	纳尔逊

3

台灣用語	大陸用語	台灣用語 （简体）	大陆用语 （简体）
妮蒂亞	尼迪亞	妮蒂亚	尼迪亚
妮娜	尼娜	妮娜	尼娜
妮可	尼科爾	妮可	尼科尔
妮可拉	尼科拉	妮可拉	尼科拉
妮兒	安東尼婭	妮儿	安东尼娅
紐西蘭	新西蘭	纽西兰	新西兰
努瓜婁發	努庫阿洛法	努瓜娄发	努库阿洛法
娜特莉	納塔莉	娜特莉	纳塔莉
娜提維達	娜蒂維達德	娜提维达	娜蒂维达德
娜娥迷	內奧米	娜娥迷	内奥米
諾魯	瑙魯	诺鲁	瑙鲁
諾克少	努瓦克肖特	诺克少	努瓦克肖特

3

台灣用語	大陸用語	台湾用语 （简体）	大陆用语 （简体）
諾爾	諾埃爾	诺尔	诺埃尔
諾維雅	諾維厄	诺维雅	诺维厄
農耕機	拖拉機	农耕机	拖拉机
ㄌ			
拉哥斯	拉各斯	拉哥斯	拉各斯
勒斯	萊斯	勒斯	莱斯
萊特	賴特	莱特	赖特
萊安	賴安	莱安	赖安
賴比瑞亞	利比里亞	赖比瑞亚	利比里亚
賴索托	萊索托	赖索托	莱索托
賴昂內爾	萊昂內爾	赖昂内尔	莱昂内尔
賴爾	萊爾	赖尔	莱尔

ㄌ

台灣用語	大陸用語	台湾用语 （简体）	大陆用语 （简体）
雷根	里根	雷根	里根
雷吉諾德	雷金納德	雷吉诺德	雷金纳德
雷契爾	拉歇爾	雷契尔	拉歇尔
雷哲	雷吉	雷哲	雷吉
雷射通訊	激光通訊	雷射通讯	激光通讯
雷思麗	萊茲莉	雷思丽	莱兹莉
雷爾夫	拉爾夫	雷尔夫	拉尔夫
鐳射	激光	镭射	激光
蕾妮	勒內	蕾妮	勒内
蕾娜塔	勒娜特	蕾娜塔	勒娜特
蕾佳娜	麗賈納	蕾佳娜	丽贾纳
累積	積累	累积	积累

台灣用語	大陸用語	台湾用语（简体）	大陆用语（简体）
累積器	累加器	累积器	累加器
類比	模擬	类比	模拟
勞瑞	拉里	劳瑞	拉里
藍伯特	蘭伯特	蓝伯特	兰伯特
藍道夫	倫道夫	蓝道夫	伦道夫
藍領	體力勞動者	蓝领	体力劳动者
藍倫	萊南	蓝伦	莱南
藍斯	蘭斯	蓝斯	兰斯
籃框圈	籃圈	篮框圈	篮圈
釐清	分清	厘清	分清
離島	附屬島嶼	离岛	附属岛屿
離線	脫機	离线	脱机

ㄌ

台灣用語	大陸用語	台湾用语（简体）	大陆用语（简体）
李莉斯	莉莉絲	李莉斯	莉莉丝
李奧娜	利奧納	李奧娜	利奥纳
李維	利瓦伊	李维	利瓦伊
里朗威	利隆圭	里朗威	利隆圭
里斯特	萊斯特	里斯特	莱斯特
理念	觀念	理念	观念
理查	理查德	理查	理查德
理則學	邏輯學，倫理學	理则学	逻辑学，伦理学
莉達	麗塔	莉达	丽塔
莉蒂亞	莉迪亞	莉蒂亚	莉迪亚
莉拉	利拉	莉拉	利拉
莉斯	莉茲	莉斯	莉兹

ㄌ

台灣用語	大陸用語	台湾用语（简体）	大陆用语（简体）
莉娃	麗娃	莉娃	丽娃
麗蓓卡	麗貝卡	丽蓓卡	丽贝卡
麗諾比雅	澤諾比啊	丽诺比雅	泽诺比啊
麗蓮	莉蓮	丽莲	莉莲
麗莎	莉薩	丽莎	莉萨
列夫	利夫	列夫	利夫
列娣西雅	利蒂希	列娣西雅	利蒂希
列娣西雅	利蒂希婭	列娣西雅	利蒂希娅
列支敦斯登	列支敦士登	列支敦斯登	列支敦士登
列印	打印	列印	打印
寮國	老撾	寮国	老挝
撩亂	繚亂	撩乱	缭乱

ㄌ

台灣用語	大陸用語	台湾用语 （简体）	大陆用语 （简体）
聯鎖店	連鎖店	联锁店	连锁店
林頓	林登	林顿	林登
琳賽	林賽	琳赛	林赛
盧安達	盧旺達	卢安达	卢旺达
陸斯恩	柳申	陆斯恩	柳申
路德	盧瑟	路德	卢瑟
路沙卡	盧薩卡	路沙卡	卢萨卡
路易士	路易斯	路易士	路易斯
路易斯	留易斯	路易斯	留易斯
錄影機	錄像機	录影机	录象机
璐易絲	路易絲	璐易丝	路易丝
露比	魯比	露比	鲁比

ㄌ

台灣用語	大陸用語	台灣用語（简体）	大陆用语（简体）
露絲	魯絲	露丝	鲁丝
露絲瑪麗	羅茲瑪麗	露丝玛丽	罗兹玛丽
羅奈爾得	羅納德	罗奈尔得	罗纳德
羅拉	洛勒	罗拉	洛勒
羅倫	洛倫特	罗伦	洛伦特
羅瑞爾	洛勒爾	罗瑞尔	洛勒尔
羅絲	羅茲	罗丝	罗兹
儸儸	彝族	罗罗	彝族
蘿勃塔	羅伯塔	萝勃塔	罗伯塔
洛梅	洛美	洛梅	洛美
洛倫	洛蘭	洛伦	洛兰
洛葛仙妮	拉克桑	洛葛仙妮	拉克桑

ㄌ

台灣用語	大陸用語	台湾用语 （简体）	大陆用语 （简体）
洛克	羅克	洛克	罗克
洛陽縣	洛陽市	洛阳县	洛阳市
倫恩	萊恩	伦恩	莱恩
綠球藻	小球藻	绿球藻	小球藻
《			
戈巴契夫	戈爾巴喬夫	戈巴契夫	戈尔巴乔夫
哥達	戈達德	哥达	戈达德
哥斯大黎加	哥斯達黎加	哥斯大黎加	哥斯达黎加
格達費	卡扎菲	格达费	卡扎菲
格羅佛	格羅弗	格罗佛	格罗弗
格瑞納達	格林納達	格瑞纳达	格林纳达
葛萊蒂絲	格拉迪斯	葛莱蒂丝	格拉迪斯

ㄌ
ㄍ

ㄍ

台灣用語	大陸用語	台灣用語（简体）	大陆用语（简体）
葛蘭	格倫	葛兰	格伦
葛里菲茲	格里菲思	葛里菲兹	格里菲思
葛莉謝爾達	格里塞爾達	葛莉谢尔达	格里塞尔达
葛列格	格雷格	葛列格	格雷格
葛列格里	格雷格里	葛列格里	格雷格里
葛羅瑞亞	格洛里亞	葛罗瑞亚	格洛里亚
葛佳絲塔芙	久斯塔芙	葛佳丝塔芙	久斯塔芙
葛瑞絲	格雷斯	葛瑞丝	格雷斯
蓋理	加里	盖理	加里
蓋亞那	圭亞那	盖亚那	圭亚那
蓋文	加文	盖文	加文
高峰會議	首腦會晤	高峰会议	首脑会晤

台灣用語	大陸用語	台湾用语 （简体）	大陆用语 （简体）
高德佛里	戈弗雷	高德佛里	戈弗雷
高架道路	立交橋	高架道路	立交桥
高階語言	高級語言	高阶语言	高级语言
高血壓	上血壓	高血压	上血压
高水準	高水平	高水准	高水平
甘比亞	岡比亞	甘比亚	冈比亚
甘迺迪	肯尼迪	甘乃迪	肯尼迪
感化院	少教所	感化院	少教所
更審	復審	更审	复审
古柯鹼	可卡因	古柯碱	可卡因
古斯塔夫	久斯塔夫	古斯塔夫	久斯塔夫
瓜地馬拉	危地馬拉	瓜地马拉	危地马拉

台灣用語	大陸用語	台湾用语（简体）	大陆用语（简体）
刮鬍刀	剃鬚刀	刮胡刀	剃须刀
國劇	京劇	国剧	京剧
國語	普通話	国语	普通话
歸綏	呼和浩特	归绥	呼和浩特
關德琳	格溫多林	关德琳	格温多林
管道	渠道	管道	渠道
光碟	光盤	光碟	光盘
光碟機	光驅	光碟机	光驱
工讀生	勤工儉學生	工读生	勤工俭学生
工作列	任務欄	工作列	任务栏
公頓	噸	公顿	吨
公權力	國家權力，公共權力	公权力	国家权力，公共权力

《

台灣用語	大陸用語	台湾用语（简体）	大陆用语（简体）
公車	公交車	公车	公交车
公車站	汽車站	公车站	汽车站
功能表	菜單	功能表	菜单
ㄎ			
卡瑪	卡默	卡玛	卡默
卡蜜拉	卡米爾	卡蜜拉	卡米尔
卡達	卡塔爾	卡达	卡塔尔
卡帶	磁帶	卡带	磁带
卡通片	動畫片	卡通片	动画片
卡蘿	卡羅拉	卡萝	卡罗拉
卡洛琳	卡羅琳	卡洛琳	卡罗琳
卡洛兒	卡勒爾	卡洛儿	卡勒尔

ㄍ
ㄎ

台灣用語	大陸用語	台湾用语（简体）	大陆用语（简体）
卡斯楚	卡斯特羅	卡斯楚	卡斯特罗
柯帝士	柯蒂斯	柯帝士	柯蒂斯
柯那克里	科納克里	柯那克里	科纳克里
柯拉	科拉	柯拉	科拉
柯利弗德	克利福德	柯利弗德	克利福德
柯利福	克利夫	柯利福	克利夫
柯林頓	克林頓	柯林顿	克林顿
柯爾	科爾	柯尔	科尔
科克	柯克	科克	柯克
科爾	克爾	科尔	克尔
科爾溫	凱溫	科尔温	凯温
可妮莉雅	科妮莉亞	可妮莉雅	科妮莉亚

ㄎ

台灣用語	大陸用語	台灣用語 （简体）	大陆用语 （简体）
可倫坡	科倫坡	可伦坡	科伦坡
克萊曼婷	克萊門泰因	克莱曼婷	克莱门泰因
克萊得	克萊德	克莱得	克莱德
克萊拉	克拉拉	克莱拉	克拉拉
克萊格	克雷格	克莱格	克雷格
克萊斯特	克賴斯特	克莱斯特	克赖斯特
克萊兒	克萊爾	克莱儿	克莱尔
克雷孟特	克萊門特	克雷孟特	克莱门特
克雷爾	克萊爾	克雷尔	克莱尔
克里斯多夫	克里斯托弗	克里斯多夫	克里斯托弗
克里斯汀	克里斯琴	克里斯汀	克里斯琴
克莉斯多	克麗斯特爾	克莉斯多	克丽斯特尔

ㄎ

台灣用語	大陸用語	台灣用语（简体）	大陆用语（简体）
克莉絲汀	克麗斯廷	克莉丝汀	克丽斯廷
克令	格令	克令	格令
克洛怡	克洛伊	克洛怡	克洛伊
喀土木	喀土穆	喀土木	喀土穆
課稅	征稅	课税	征税
開發中國家	發展中國家	开发中国家	发展中国家
開機片	系統盤	开机片	系统盘
凱倫	卡倫	凯伦	卡伦
凱希	卡什	凯希	卡什
凱絲	卡西	凯丝	卡西
凱爾	卡爾	凯尔	卡尔
凱伊	凱	凯伊	凯

ㄎ

台灣用語	大陸用語	台湾用语（简体）	大陆用语（简体）
考伯特	柯爾貝爾	考伯特	柯尔贝尔
考績制度	考核制度	考绩制度	考核制度
考爾比	科爾比	考尔比	科尔比
口白	念白	口白	念白
寇里	科里	寇里	科里
坎培拉	堪培拉	坎培拉	堪培拉
坎蒂絲	坎迪斯	坎蒂丝	坎迪斯
肯尼士	肯尼思	肯尼士	肯尼思
肯恩	肯	肯恩	肯
肯亞	肯尼亞	肯亚	肯尼亚
懇親會	家長會	恳亲会	家长会
康那理惟士	科尼利厄斯	康那理惟士	科尼利厄斯

ㄎ

台灣用語	大陸用語	台灣用语 （简体）	大陆用语 （简体）
康樂隊	文工團	康乐队	文工团
康樂活動	文娛活動	康乐活动	文娱活动
康斯坦絲	康斯坦斯	康斯坦丝	康斯坦斯
抗組織胺	抗組胺劑	抗组织胺	抗组胺剂
庫倫	烏蘭巴托	库伦	乌兰巴托
昆蒂娜	昆蒂納	昆蒂娜	昆蒂纳
昆頓	昆坦	昆顿	昆坦
昆特	昆廷	昆特	昆廷
昆尼爾	奎納爾	昆尼尔	奎纳尔
昆娜	奎納	昆娜	奎纳
空中教學	電視教學	空中教学	电视教学
ㄏ			

万
ㄏ

台灣用語	大陸用語	台湾用语（简体）	大陆用语（简体）
哈蒂	哈代	哈蒂	哈代
哈樂德	哈羅德	哈乐德	哈罗德
哈里特	哈麗特	哈里特	哈丽特
哈莉特	哈麗特	哈莉特	哈丽特
哈瑞斯	霍勒斯	哈瑞斯	霍勒斯
哈薩克	哈薩克斯坦	哈萨克	哈萨克斯坦
哈威	哈維	哈威	哈维
合約	合同	合约	合同
何蒙莎	赫莫瑟	何蒙莎	赫莫瑟
核分裂	核裂度	核分裂	核裂度
核融合	核聚變	核融合	核聚变
核子試爆	核武器試驗	核子试爆	核武器试验

ㄏ

台灣用語	大陸用語	台湾用语（简体）	大陆用语（简体）
核子武器	核武器	核子武器	核武器
荷尼阿拉	霍尼亞拉	荷尼阿拉	霍尼亚拉
赫達	海達	赫达	海达
赫瑟爾	希瑟	赫瑟尔	希瑟
海登	黑登	海登	黑登
海勒	海勒姆	海勒	海勒姆
海洛伊絲	埃落伊茲	海洛伊丝	埃落伊兹
海拾茲	希瑟	海拾兹	希瑟
海珊	薩達姆	海珊	萨达姆
海珊二世	哈桑二世	海珊二世	哈桑二世
海柔爾	黑茲爾	海柔尔	黑兹尔
好爾德	霍華德	好尔德	霍华德

ㄏ

台灣用語	大陸用語	台灣用語 （简体）	大陆用语 （简体）
韓弗理	漢弗萊	韩弗理	汉弗莱
漢米敦	漢密爾頓	汉米敦	汉密尔顿
漢特	亨特	汉特	亨特
漢妮	哈尼	汉妮	哈尼
胡笙	侯賽因	胡笙	侯赛因
胡爾達	赫爾達	胡尔达	赫尔达
花式溜冰	花樣溜冰	花式溜冰	花样溜冰
華德	沃德	华德	沃德
華德翰	瓦爾德海姆	华德翰	瓦尔德海姆
華納	沃納	华纳	沃纳
華勒沙	瓦文薩	华勒沙	瓦文萨
華莉絲	沃莉斯	华莉丝	沃莉斯

ㄏ

台灣用語	大陸用語	台湾用语（简体）	大陆用语（简体）
華爾滋	華爾茲	华尔滋	华尔兹
滑鼠	鼠標器	滑鼠	鼠标器
貨櫃	集裝箱	货柜	集装箱
霍伯特	霍巴特	霍伯特	霍巴特
霍爾	黑爾	霍尔	黑尔
回饋	反饋	回馈	反馈
迴紋針	迴形針	回纹针	回形针
匯流排	總線	汇流排	总线
匯出	導出	汇出	导出
匯入	導入	汇入	导入
混濁	渾濁	混浊	浑浊
黃膽	黃疸	黄胆	黄疸

ㄏ

台灣用語	大陸用語	台湾用语（简体）	大陆用语（简体）
宏都拉斯	洪都拉斯	宏都拉斯	洪都拉斯
紅瑪瑙	光玉髓	红玛瑙	光玉髓
紅條紋瑪瑙	纏絲瑪瑙	红条纹玛瑙	缠丝玛瑙
ㄐ			
姬瑪	傑默	姬玛	杰默
姬兒	吉爾	姬儿	吉尔
基斯	基思	基斯	基思
機車	摩托車	机车	摩托车
機率	概率	机率	概率
積體電路	集成電路	积体电路	集成电路
吉伯特	吉爾伯特	吉伯特	吉尔伯特
吉布地	吉布提	吉布地	吉布提

ㄏ
ㄐ

台灣用語	大陸用語	台灣用語 （简体）	大陆用語 （简体）
吉蒂	基蒂	吉蒂	基蒂
吉里巴斯	基里巴斯	吉里巴斯	基里巴斯
吉羅德	傑拉爾德	吉罗德	杰拉尔德
吉佳利	基加利	吉佳利	基加利
吉樹爾	吉塞爾	吉樹尔	吉塞尔
極閘	與門	极闸	与门
集體結婚	集團結婚	集体结婚	集团结婚
集成電路	集積電路	集成电路	集积电路
幾內亞比索	幾內亞比紹	几内亚比索	几内亚比绍
技術移轉	技術轉讓	技术移转	技术转让
紀伯倫	澤布倫	纪伯伦	泽布伦
計劃	計畫	计划	计画

ㄐ

台灣用語	大陸用語	台湾用语 （简体）	大陆用语 （简体）
計程車	出租車	计程车	出租车
計算機	計算器	计算机	计算器
記分板	記分牌	记分板	记分牌
記錄器	寄存器	记录器	寄存器
記憶體	存貯器	记忆体	存贮器
加布力爾	加布里埃	加布力尔	加布里埃
加彭	加蓬	加彭	加蓬
加拉卡斯	加拉加斯	加拉卡斯	加拉加斯
加護病房	特護病房、 重病房	加护病房	特护病房、 重病房
加爾	蓋爾	加尔	盖尔
迦納	加納	迦纳	加纳
家庭計畫	計畫生育	家庭计画	计画生育

ㄐ

台灣用語	大陸用語	台湾用语（简体）	大陆用语（简体）
嘉柏隆	哈博羅內	嘉柏隆	哈博罗内
嘉比里拉	加布里埃爾	嘉比里拉	加布里埃尔
嘉年華會	喜慶節日	嘉年华会	喜庆节日
賈桂琳	傑奎琳	贾桂琳	杰奎琳
賈思琳	喬斯琳	贾思琳	乔斯琳
賈斯丁	賈斯廷	贾斯丁	贾斯廷
賈斯特	切斯特	贾斯特	切斯特
賈艾斯	賈爾斯	贾艾斯	贾尔斯
婕咪	傑米	婕咪	杰米
婕西	傑西	婕西	杰西
捷克斯拉夫	捷克和斯洛伐克	捷克斯拉夫	捷克和斯洛伐克
傑佛理	傑弗里	杰佛理	杰弗里

ㄐ

台灣用語	大陸用語	台湾用语（简体）	大陆用语（简体）
傑佛瑞	傑弗里	杰佛瑞	杰弗里
傑勒米	傑里米	杰勒米	杰里米
傑理	傑里	杰理	杰里
傑西嘉	傑西卡	杰西嘉	杰西卡
傑瑞德	傑里德	杰瑞德	杰里德
傑森	賈森	杰森	贾森
界面	接口	界面	接口
界面電路	接口電路	界面电路	接口电路
藉口	借口	借口	借口
交通尖峰	交通高峰	交通尖峰	交通高峰
交通車	班車	交通车	班车
交換電晶體	開關晶體管	交换电晶体	开关晶体管

ㄐ

台灣用語	大陸用語	台湾用语（简体）	大陆用语（简体）
嬌拉汀	傑拉爾丁	娇拉汀	杰拉尔丁
絞肉	肉末	绞肉	肉末
金百莉	金伯莉	金百莉	金伯莉
金夏沙	金沙薩	金夏沙	金沙萨
金星石	金星玻璃	金星石	金星玻璃
金氏記錄	基尼斯記錄	金氏记录	基尼斯记录
京斯敦	金斯敦	京斯敦	金斯敦
晶片	芯片	晶片	芯片
晶體收音機	半導體收音機	晶体收音机	半导体收音机
警局	公安局	警局	公安局
警用機車	警用摩托車	警用机车	警用摩托车
劇情片	故事片	剧情片	故事片

ㄐ

台灣用語	大陸用語	台灣用语 （简体）	大陆用语 （简体）
捐血	獻血	捐血	献血
卷軸雲	滾軸雲	卷轴云	滚轴云
軍眷	軍屬	军眷	军属
ㄑ			
起司	奶酪	起司	奶酪
啓聰學校	聾啞學校	启聪学校	聋哑学校
綺莉	切麗	绮莉	切丽
綺麗兒	謝麗爾	绮丽儿	谢丽尔
契布曼	查普曼	契布曼	查普曼
喬蒂	喬迪	乔蒂	乔迪
喬休爾	喬舒亞	乔休尔	乔舒亚
喬治城	喬治敦	乔治城	乔治敦

ㄐ
ㄑ

台灣用語	大陸用語	台湾用语（简体）	大陆用语（简体）
喬治亞	格魯吉亞	乔治亚	格鲁吉亚
喬伊絲	喬伊斯	乔伊丝	乔伊斯
翹班	曠工	翘班	旷工
翹課	逃課	翘课	逃课
千里達	特立尼達和多巴哥	千里达	特立尼达和多巴哥
潛變	蠕變	潜变	蠕变
強納生	喬納森	强纳生	乔纳森
強尼	錢寧	强尼	钱宁
強勢貨幣	硬通貨	强势货币	硬通货
青康藏高原	青藏高原	青康藏高原	青藏高原
全形	全角	全形	全角
瓊納斯	喬納斯	琼纳斯	乔纳斯

台灣用語	大陸用語	台湾用语（简体）	大陆用语（简体）
瓊安	喬安妮	琼安	乔安妮
ㄒ			
西北雨	雷陣雨	西北雨	雷阵雨
西格莉德	西格麗德	西格莉德	西格丽德
西瑞爾	西里爾	西瑞尔	西里尔
西洋棋	國際象棋	西洋棋	国际象棋
西維亞	西維厄	西维亚	西维厄
希貝兒	西比爾	希贝儿	西比尔
希拉瑞莉	希拉里	希拉瑞莉	希拉里
希歐多爾	西奧多	希欧多尔	西奥多
希爾保特	西厄博德	希尔保特	西厄博德
席夢娜	瑟莫納	席梦娜	瑟莫纳

ㄑㄒ

台灣用語	大陸用語	台湾用语 （简体）	大陆用语 （简体）
席拉	西勒	席拉	西勒
席爾維斯特	西爾維斯特	席尔维斯特	西尔维斯特
夕巴斯汀	塞巴斯蒂安	夕巴斯汀	塞巴斯蒂安
矽	硅	硅	硅
瞎砲	啞砲	瞎炮	哑炮
夏佐	沙茲爾	夏佐	沙兹尔
血管造影	血管照相術	血管造影	血管照相术
宵夜	夜宵	宵夜	夜宵
硝化棉	硝棉	硝化棉	硝棉
小耳朵	新式碟型電視天線	小耳朵	新式碟型电视天线
休耕地	休閒地	休耕地	休闲地
仙蒂	桑迪	仙蒂	桑迪

ㄒ

台灣用語	大陸用語	台湾用语（简体）	大陆用语（简体）
纖維肉瘤	纖維瘤	纤维肉瘤	纤维瘤
嫌氣細菌	厭氣細菌	嫌气细菌	厌气细菌
賢慧	賢惠	贤慧	贤惠
顯示幕	顯示屏	显示幕	显示屏
現場錄影	現場錄像	现场录影	现场录像
心肺機	人工心肺機	心肺机	人工心肺机
心肺雜音	心臟雜音	心肺杂音	心脏杂音
心電描記器	心電圖描記器	心电描记器	心电图描记器
心律不整	心律不齊	心律不整	心律不齐
辛巴威	津巴布韋	辛巴威	津巴布韦
辛布	廷布	辛布	廷布
辛普森	桑普森	辛普森	桑普森

ㄒ

台灣用語	大陸用語	台湾用语（简体）	大陆用语（简体）
辛西亞	辛西婭	辛西亚	辛西娅
辛烷價	辛烷值	辛烷价	辛烷值
新力	索尼	新力	索尼
新港	波多諾伏	新港	波多诺伏
新疆省	新疆維吾爾自治區	新疆省	新疆维吾尔自治区
薪水階級	工薪階層	薪水阶级	工薪阶层
香港腳	腳氣	香港脚	脚气
象牙海岸	科特迪瓦	象牙海岸	科特迪瓦
行賄受賄罪	賄賂罪	行贿受贿罪	贿赂罪
行人穿越道	人行道	行人穿越道	人行道
性向測驗	智能測驗	性向测验	智能测验
敘事文	記敘文	叙事文	记叙文

T

台灣用語	大陸用語	台湾用语（简体）	大陆用语（简体）
敘述文	記敘文	叙述文	记叙文
雪梨	悉尼	雪梨	悉尼
雪莉	謝麗	雪莉	谢丽
雪倫	莎倫	雪伦	莎伦
選單	菜單	选单	菜单
巡防艦	巡航艦	巡防舰	巡航舰
巡回法庭	巡航法庭	巡回法庭	巡航法庭
訊息	信息	讯息	信息
雄脂酮	雄酮	雄脂酮	雄酮
业			
支援	支持	支援	支持
芝妮雅	齊妮亞	芝妮雅	齐妮亚

ㄒ
ㄩ
ㄝ

台灣用語	大陸用語	台湾用语（简体）	大陆用语（简体）
指標	指針	指标	指针
智慧型終端機	信息終端	智慧型终端机	信息终端
智障	弱智	智障	弱智
扎克利	扎克里	扎克利	扎克里
閘流體	可控矽	闸流体	可控矽
閘極	柵	闸极	栅
遮光框	蔽光框	遮光框	蔽光框
哲羅姆	傑羅姆	哲罗姆	杰罗姆
鍺二極體	鍺二極管	锗二极体	锗二极管
詹姆士	詹姆	詹姆士	詹姆
詹姆士	詹姆斯	詹姆士	詹姆斯
珍尼佛	詹妮弗	珍尼佛	詹妮弗

ㄓ

台灣用語	大陸用語	台灣用語（简体）	大陆用语（简体）
珍妮	詹妮	珍妮	詹妮
珍妮芙	吉納維芙	珍妮芙	吉纳维芙
珍雲母	紅寶石雲母	珍云母	红宝石云母
鎮暴	抗暴	镇暴	抗暴
張力計	拉力計	张力计	拉力计
蒸餾罐	乾餾釜	蒸馏罐	干馏釜
蒸散作用	蒸騰作用	蒸散作用	蒸腾作用
整律器	電子起博器	整律器	电子起博器
朱蒂	朱迪	朱蒂	朱迪
朱蒂斯	朱迪思	朱蒂斯	朱迪思
朱利爾斯	朱利葉斯	朱利尔斯	朱利叶斯
朱麗亞	朱莉婭	朱丽亚	朱莉娅

ㄓ

台灣用語	大陸用語	台湾用语 （简体）	大陆用语 （简体）
朱恩	瓊	朱恩	琼
珠雞	珍珠鳥	珠鸡	珍珠鸟
桌曆	台曆	桌历	台历
桌球	乒乓球	桌球	乒乓球
桌球台	乒乓球台	桌球台	乒乓球台
賺取外匯	創匯	赚取外汇	创汇
撞球	台球	撞球	台球
撞球台	台球桌	撞球台	台球桌
中央處理單位	中央處理機	中央处理单位	中央处理机
仲介	中介	仲介	中介
ㄔ			
查理斯	查爾斯	查理斯	查尔斯

ㄓ

台灣用語	大陸用語	台湾用语（简体）	大陆用语（简体）
車班	車次	车班	车次
車掌	檢票員	车掌	检票员
柴契爾夫人	撒切爾夫人	柴契尔夫人	撒切尔夫人
超音波	超聲波	超音波	超声波
巢狀	嵌套	巢状	嵌套
長官	首長	长官	首长
成長率	增長率	成长率	增长率
程式	程序	程式	程序
出糗	出醜	出糗	出丑
儲存	存貯	储存	存贮
吹風機	電吹風	吹风机	电吹风
串接資料	串行數據	串接资料	串行数据

台灣用語	大陸用語	台湾用语 （简体）	大陆用语 （简体）
ㄕ			
施亞努	西哈努克	施亚努	西哈努克
獅子山	塞拉利昂	狮子山	塞拉利昂
史賓社	斯潘塞	史宾社	斯潘塞
史大林	斯大林	史大林	斯大林
史黛絲	斯泰西	史黛丝	斯泰西
史丹	斯坦	史丹	斯坦
史丹佛	斯坦福	史丹佛	斯坦福
史丹尼	斯坦利	史丹尼	斯坦利
史蒂夫	斯蒂夫	史蒂夫	斯蒂夫
史蒂文	斯蒂文	史蒂文	斯蒂文
史都華德	斯蒂沃德	史都华德	斯蒂沃德

ㄕ

ㄕ

台灣用語	大陸用語	台湾用语（简体）	大陆用语（简体）
史考特	斯科特	史考特	斯科特
史瓦濟蘭	斯威士蘭	史瓦济兰	斯威士兰
市集	集市	市集	集市
沙那	薩那	沙那	萨那
沙烏地阿拉伯	沙特阿拉伯	沙乌地阿拉伯	沙特阿拉伯
莎芭絲媞安	瑟芭絲蒂安	莎芭丝媞安	瑟芭丝蒂安
莎柏琳娜	塞布麗娜	莎柏琳娜	塞布丽娜
莎碧娜	薩拜娜	莎碧娜	萨拜娜
莎曼撒	莎曼瑟	莎曼撒	莎曼瑟
莎拉	薩拉	莎拉	萨拉
莎莉	賽莉	莎莉	赛莉
莎莉絲特	塞萊斯特	莎莉丝特	塞莱斯特

台灣用語	大陸用語	台湾用语（简体）	大陆用语（简体）
莎洛姆	薩洛米	莎洛姆	萨洛米
山姆	塞姆	山姆	塞姆
山迪	桑迪	山迪	桑迪
珊朵拉	桑德拉	珊朵拉	桑德拉
神棍	神漢	神棍	神汉
上班族	工薪階層	上班族	工薪阶层
上伏塔	布基納法索	上伏塔	布基纳法索
尚比亞	贊比亞	尚比亚	赞比亚
聖馬利諾	聖馬力諾	圣马利诺	圣马力诺
聖母峰	珠穆朗瑪峰	圣母峰	珠穆朗玛峰
聖地牙哥	聖地亞哥	圣地牙哥	圣地亚哥
聖露西亞	聖盧西亞	圣露西亚	圣卢西亚

尸

台灣用語	大陸用語	台湾用语（简体）	大陆用语（简体）
聖荷西	聖約瑟	圣荷西	圣约瑟
聖文森及格瑞那丁	聖文森及格林那丁	圣文森及格瑞那丁	圣文森及格林那丁
數據機	調製解調器	数据机	调制解调器
水準	水平	水准	水平
稅基	稅收面	税基	税收面
閂持電路	鎖存電路	闩持电路	锁存电路
日傑夫	齊夫	日杰夫	齐夫
人工智慧	人工智能	人工智慧	人工智能
若娜	佐納	若娜	佐纳
若拉	卓拉	若拉	卓拉
若伊	佐伊	若伊	佐伊

ㄕ
ㄖ

ㄖ

台灣用語	大陸用語	台湾用语（简体）	大陆用语（简体）
瑞琪兒	雷切爾	瑞琪儿	雷切尔
瑞伊	蕾	瑞伊	蕾
軟碟	軟盤	软碟	软盘
軟體	軟件	软体	软件
軟磁碟	軟盤	软磁碟	软盘
ㄗ			
資訊	信息	资讯	信息
資訊編碼	資料編碼	资讯编码	资料编码
資訊論	信息論	资讯论	信息论
資訊化社會	信息社會	资讯化社会	信息社会
資訊技術	信息技術	资讯技术	信息技术
資訊擷取	情報檢索	资讯撷取	情报检索

ㄖㄗ

台灣用語	大陸用語	台湾用语（简体）	大陆用语（简体）
資訊檢索	情報檢索	资讯检索	情报检索
資訊系統	信息系統	资讯系统	信息系统
資訊學	情報學	资讯学	情报学
資訊處理	資料處理	资讯处理	资料处理
資訊傳遞	信息傳遞	资讯传递	信息传递
資訊容量	信息容量	资讯容量	信息容量
資訊存儲器	數據存儲器	资讯存储器	数据存储器
資優班	尖子班	资优班	尖子班
資優生	尖子學生	资优生	尖子学生
載人太空船	載人飛船	载人太空船	载人飞船
暫存器	寄存器	暂存器	寄存器
組合程式	匯編程序	组合程式	汇编程序

ㄗ

台灣用語	大陸用語	台湾用语（简体）	大陆用语（简体）
組合語言	匯編語言	组合语言	汇编语言
作業系統	操作系統	作业系统	操作系统
ㄘ			
磁片	磁盤	磁片	磁盘
磁導率	導磁係數	磁导率	导磁系数
磁碟機	磁盤驅動器	磁碟机	磁盘驱动器
磁力圈	磁層	磁力圈	磁层
磁感性	磁感應	磁感性	磁感应
財政廳	財政部	财政厅	财政部
彩視	彩電	彩视	彩电
彩色電視	彩電	彩色电视	彩电
彩紋瑪瑙	縞瑪瑙	彩纹玛瑙	缟玛瑙

台灣用語	大陸用語	台湾用语（简体）	大陆用语（简体）
採買	採購	采买	采购
翠西	特雷西	翠西	特雷西
翠絲特	特麗斯特	翠丝特	特丽斯特
存戶	儲戶	存户	储户
存貯	保存	存贮	保存
ㄙ			
私娼	暗娼	私娼	暗娼
斯里巴卡旺	斯里巴加灣港	斯里巴卡旺	斯里巴加湾港
絲柏凌	斯普琳	丝柏凌	斯普琳
絲特芬妮	斯蒂芬妮	丝特芬妮	斯蒂芬妮
絲特勒	斯特拉	丝特勒	斯特拉
伺服器	服務器	伺服器	服务器

ㄘ
ㄙ

台灣用語	大陸用語	台灣用语 （简体）	大陆用语 （简体）
撒姆爾	塞繆爾	撒姆尔	塞缪尔
撒克遜	薩克森	撒克逊	萨克森
薩琳娜	瑟莉納	萨琳娜	瑟莉纳
薩伊	扎伊爾	萨伊	扎伊尔
塞席爾	塞舌爾	塞席尔	塞舌尔
賽普勒斯	塞浦路斯	赛普勒斯	塞浦路斯
賽門	西蒙	赛门	西蒙
賽拉	波拉	赛拉	波拉
賽維爾	澤維爾	赛维尔	泽维尔
賽薇亞拉	扎維埃勒	赛薇亚拉	扎维埃勒
三度空間	三維空間	三度空间	三维空间
桑席	贊茜	桑席	赞茜

ㄙ

台灣用語	大陸用語	台湾用语（简体）	大陆用语（简体）
蘇菲亞	索菲婭	苏菲亚	索菲娅
蘇利南	蘇里南	苏利南	苏里南
蘇西	蘇茜	苏西	苏茜
速簡餐廳	快餐聽	速简餐厅	快餐听
速食麵	方便面	速食面	方便面
塑膠	塑料	塑胶	塑料
塑膠製模型	塑料製模型	塑胶制模型	塑料制模型
索馬利亞	索馬里	索马利亚	索马里
Y			
阿比亞	阿皮亞	阿比亚	阿皮亚
阿布達比	阿布扎比	阿布达比	阿布扎比
阿普頓	厄普頓	阿普顿	厄普顿

ㄙ
ㄚ

台灣用語	大陸用語	台湾用语（简体）	大陆用语（简体）
阿蜜莉雅	阿米莉婭	阿蜜莉雅	阿米莉娅
阿姆斯壯	阿姆斯特朗	阿姆斯壮	阿姆斯特朗
阿迪斯阿貝	亞的斯亞貝巴	阿迪斯阿贝	亚的斯亚贝巴
阿娜絲塔西夏	阿納斯塔西婭	阿娜丝塔西夏	阿纳斯塔西娅
阿拉伯聯合大公國	阿拉伯聯合酋長國	阿拉伯联合大公国	阿拉伯联合酋长国
阿奇柏德	阿切博爾德	阿奇柏德	阿切博尔德
阿奇爾	阿切爾	阿奇尔	阿切尔
阿塞拜疆	亞塞拜然	阿塞拜疆	亚塞拜然
阿爾傑	阿傑	阿尔杰	阿杰
阿爾娃	阿爾瓦	阿尔娃	阿尔瓦
ㄜ			
額爾	厄爾	额尔	厄尔

ㄚ ㄜ

台灣用語	大陸用語	台灣用语 （简体）	大陆用语 （简体）
厄瓜多	厄瓜多爾	厄瓜多	厄瓜多尔
ㄞ			
愛斯基摩	埃斯基摩	爱斯基摩	埃斯基摩
艾伯特	阿伯特	艾伯特	阿伯特
艾比蓋	艾比蓋爾	艾比盖	艾比盖尔
艾布特	艾博特	艾布特	艾博特
艾譜莉	阿普麗爾	艾谱莉	阿普丽尔
艾瑪	埃瑪	艾玛	埃玛
艾咪	艾米	艾咪	艾米
艾蜜莉	埃米莉	艾蜜莉	埃米莉
艾富里	艾弗里	艾富里	艾弗里
艾德	埃德	艾德	埃德

ㄛㄞ

台灣用語	大陸用語	台湾用语（简体）	大陆用语（简体）
艾德蒙	埃德蒙	艾德蒙	埃德蒙
艾德文娜	埃德溫娜	艾德文娜	埃德温娜
艾狄生	愛迪生	艾狄生	爱迪生
艾拉	埃拉	艾拉	埃拉
艾勒	艾拉	艾勒	艾拉
艾理斯	埃利斯	艾理斯	埃利斯
艾利克	埃里克	艾利克	埃里克
艾麗卡	埃里卡	艾丽卡	埃里卡
艾琳娜	阿琳	艾琳娜	阿琳
艾琳諾	埃勒納	艾琳诺	埃勒纳
艾倫	埃倫	艾伦	埃伦
艾奎諾夫人	阿基諾夫人	艾奎诺夫人	阿基诺夫人

ㄞ

巧

台灣用語	大陸用語	台湾用语（简体）	大陆用语（简体）
艾西	埃爾西	艾西	埃尔西
艾絲特	埃絲特	艾丝特	埃丝特
艾絲翠得	阿斯特麗德	艾丝翠得	阿斯特丽德
艾瑟兒	埃塞爾	艾瑟儿	埃塞尔
艾爾瑪	埃爾默	艾尔玛	埃尔默
艾娃	埃爾娃	艾娃	埃尔娃
艾維斯	埃爾維斯	艾维斯	埃尔维斯
艾薇拉	埃爾韋拉	艾薇拉	埃尔韦拉
艾文	阿爾溫	艾文	阿尔温
愛瑪	阿爾瑪	爱玛	阿尔玛
愛曼紐	伊曼紐爾	爱曼纽	伊曼纽尔
愛得拉	阿德拉	爱得拉	阿德拉

台灣用語	大陸用語	台灣用語（簡體）	大陸用語（簡体）
愛得來德	阿德來德	爱得来德	阿德来德
愛德格	埃德加	爱德格	埃德加
愛勒貝拉	阿勒貝勒	爱勒贝拉	阿勒贝勒
愛莉絲	艾麗絲	爱莉丝	艾丽丝
愛麗絲	艾麗斯	爱丽丝	艾丽斯
愛琳	艾琳	爱琳	艾琳
愛羅伊	埃爾羅伊	爱罗伊	埃尔罗伊
愛格伯特	埃格伯特	爱格伯特	埃格伯特
愛葛妮絲	艾格尼絲	爱葛妮丝	艾格尼丝
愛葛莎	阿加莎	爱葛莎	阿加莎
愛心協會	福利會	爱心协会	福利会
愛爾柏塔	艾伯塔	爱尔柏塔	艾伯塔

ㄞ

台灣用語	大陸用語	台湾用语 （简体）	大陆用语 （简体）
愛爾馬	埃爾默	爱尔马	埃尔默
愛爾頓	埃爾坦	爱尔顿	埃尔坦
愛爾莎	埃爾莎	爱尔莎	埃尔莎
ㄠ			
奧布里	奧布雷	奥布里	奥布雷
奧碼	奧馬爾	奥码	奥马尔
奧德里奇	奧爾德利奇	奥德里奇	奥尔德利奇
奧德莉	奧德麗	奥德莉	奥德丽
奧狄斯	奧蒂斯	奥狄斯	奥蒂斯
奧蒂莉亞	奧代莉厄	奥蒂莉亚	奥代莉厄
奧蒂列特	奧德萊特	奥蒂列特	奥德莱特
奧特	奧托	奥特	奥托

ㄞ
ㄠ

台灣用語	大陸用語	台湾用语 （简体）	大陆用语 （简体）
奧利佛	奧利弗	奥利佛	奥利弗
奧麗芙	奧莉夫	奥丽芙	奥莉夫
奧麗薇亞	奧莉維亞	奥丽薇亚	奥莉维亚
奧籮拉	奧羅拉	奥箩拉	奥罗拉
奧格斯特	奧古斯特	奥格斯特	奥古斯特
奧古斯汀	奧古斯丁	奥古斯汀	奥古斯丁
奧克塔薇爾	奧克塔維亞	奥克塔薇尔	奥克塔维亚
奧斯蒙	奧茲門德	奥斯蒙	奥兹门德
奧斯頓	奧爾斯坦	奥斯顿	奥尔斯坦
奧斯維得	奧斯瓦德	奥斯维得	奥斯瓦德
奧爾瑟雅	阿西婭	奥尔瑟雅	阿西娅
ㄡ			

ㄠ
ㄡ

台灣用語	大陸用語	台湾用语 （简体）	大陆用语 （简体）
歐尼斯特	歐內斯特	欧尼斯特	欧内斯特
歐格登	奧格登	欧格登	奥格登
歐恩	歐文	欧恩	欧文
歐爾佳	奧爾加	欧尔佳	奥尔加
ㄢ			
安得烈	安德烈	安得烈	安德烈
安德莉亞	安德里亞	安德莉亚	安德里亚
安地卡及巴 布達	安提瓜及巴 布達	安地卡及巴 布达	安提瓜及巴 布达
安東尼奧	安托尼奧	安东尼奥	安托尼奥
安東妮兒	安東尼婭	安东妮儿	安东尼娅
安東莞	安托萬	安东莞	安托万
安妮	安	安妮	安

ㄡㄢ

台灣用語	大陸用語	台湾用语 （简体）	大陆用语 （简体）
安娜貝兒	阿納貝勒	安娜贝儿	阿纳贝勒
安其羅	安吉洛	安其罗	安吉洛
安琪拉	安吉拉	安琪拉	安吉拉
安斯艾爾	安斯埃爾	安斯艾尔	安斯埃尔
ㄣ			
恩將納	恩賈梅納	恩将纳	恩贾梅纳
ㄦ			
耳舒拉	厄休拉	耳舒拉	厄休拉
耳葉	耳輪	耳叶	耳轮
爾莎	厄撒	尔莎	厄撒
爾文	埃文	尔文	埃文
二極體	二極管	二极体	二极管

ㄢㄣㄦ

一

台灣用語	大陸用語	台湾用语 （简体）	大陆用语 （简体）
一			
伊芳	伊	伊芳	伊
伊夫力	埃弗利	伊夫力	埃弗利
伊芙	伊夫	伊芙	伊夫
伊登	艾登	伊登	艾登
伊蒂絲	伊迪絲	伊蒂丝	伊迪丝
伊甸	艾登	伊甸	艾登
伊里亞德	埃利厄特	伊里亚德	埃利厄特
伊蓮恩	伊萊恩	伊莲恩	伊莱恩
伊西多	伊西多爾	伊西多	伊西多尔
伊莎蓓爾	伊莎貝拉	伊莎蓓尔	伊莎贝拉
伊斯蘭馬巴 德	伊斯蘭堡	伊斯兰马巴 德	伊斯兰堡

台灣用語	大陸用語	台湾用语 （简体）	大陆用语 （简体）
伊文捷琳	伊萬傑琳	伊文捷琳	伊万杰琳
衣索比亞	埃塞俄比亞	衣索比亚	埃塞俄比亚
依夫	伊夫	依夫	伊夫
依耶芙特	伊薇特	依耶芙特	伊薇特
依耶塔	耶特	依耶塔	耶特
胰臟炎	胰腺炎	胰脏炎	胰腺炎
曳光彈彈頭	曳光子彈	曳光弹弹头	曳光子弹
易萊哲	伊萊賈	易莱哲	伊莱贾
易開罐	易拉罐	易开罐	易拉罐
液冷式內燃機	液冷式發動機	液冷式内燃机	液冷式发动机
液力傳動柴油機車	液力傳動內燃	液力传动柴油机车	液力传动内燃
義大利	意大利	义大利	意大利

台灣用語	大陸用語	台湾用语 （简体）	大陆用语 （简体）
義大利脆餅	意大利餡餅	义大利脆饼	意大利馅饼
義工	義務勞動	义工	义务劳动
翼庇	庇護	翼庇	庇護
亞伯	阿培爾	亚伯	阿培尔
亞麻子油	亞麻仁油	亚麻子油	亚麻仁油
亞摩斯	阿莫斯	亚摩斯	阿莫斯
亞德里恩	亞德連	亚德里恩	亚德连
亞岱爾	厄代爾	亚岱尔	厄代尔
亞度尼斯	阿多尼斯	亚度尼斯	阿多尼斯
亞特蘭特	阿塔蘭特	亚特兰特	阿塔兰特
亞特伍德	阿特伍德	亚特伍德	阿特伍德
亞力士	埃里茲	亚力士	埃里兹

台灣用語	大陸用語	台湾用语（简体）	大陆用语（简体）
亞莉克希亞	埃萊克西厄	亚莉克希亚	埃莱克西厄
亞恆	厄赫恩	亚恒	厄赫恩
亞希伯恩	阿什伯恩	亚希伯恩	阿什伯恩
亞瑟	阿瑟	亚瑟	阿瑟
亞爾曼	阿曼德	亚尔曼	阿曼德
亞爾弗列得	阿爾佛列德	亚尔弗列得	阿尔佛列德
亞爾林	阿倫	亚尔林	阿伦
亞爾維斯	阿爾維斯	亚尔维斯	阿尔维斯
雅連	亞倫	雅连	亚伦
雅各	雅各布	雅各	雅各布
雅恩德	雅溫得	雅恩德	雅温得
雅爾達	雅爾塔	雅尔达	雅尔塔

台灣用語	大陸用語	台湾用语（简体）	大陆用语（简体）
耶達	伊埃德	耶达	伊埃德
耶誕	聖誕	耶诞	圣诞
耶魯	耶爾	耶鲁	耶尔
耶呼弟	伊厄胡迪	耶呼弟	伊厄胡迪
葉門	也門	叶门	也门
葉針	葉刺	叶针	叶刺
幽浮	不明飛行體	幽浮	不明飞行体
優娜	巫娜	优娜	巫娜
優拉	烏勒	优拉	乌勒
尤朵拉	尤多勒	尤朵拉	尤多勒
尤妮絲	尤妮斯	尤妮丝	尤妮斯
尤萊亞	尤賴亞	尤莱亚	尤赖亚

一

台灣用語	大陸用語	台灣用語（简体）	大陆用语（简体）
尤里西斯	尤利西茲	尤里西斯	尤利西兹
油地氈	亞麻油地氈	油地毡	亚麻油地毡
郵電亭	郵局	邮电亭	邮局
郵差	郵遞員	邮差	邮递员
游標	光標	游标	光标
有機矽化合物	有機硅化合物	有机矽化合物	有机硅化合物
幼稚園	幼兒園	幼稚园	幼儿园
菸鹼酸	煙鹼酸	烟碱酸	烟碱酸
菸鹼酸缺乏症	糙皮病	烟碱酸缺乏症	糙皮病
湮沒光子	湮沒輻射光子	湮没光子	湮没辐射光子
岩羚	小羚羊	岩羚	小羚羊
岩心筒	岩心管	岩心筒	岩心管

台灣用語	大陸用語	台灣用語 （简体）	大陆用语 （简体）
隱形墨水	顯隱墨水	隐形墨水	显隐墨水
隱形術	隱身法	隐形术	隐身法
印表機	打印機	印表机	打印机
洋菜凍	果子凍	洋菜冻	果子冻
英格馬	因格馬	英格马	因格马
英格蘭姆	英格拉姆	英格兰姆	英格拉姆
營運	運行	营运	运行
螢幕	屏幕	萤幕	屏幕
影帶	電影錄像帶	影带	电影录像带
影碟	電影激光盤	影碟	电影激光盘
影集	電影系列片	影集	电影系列片
硬碟	硬盤	硬碟	硬盘

台灣用語	大陸用語	台湾用语（简体）	大陆用语（简体）
硬體	硬件	硬体	硬件
硬式拷貝	硬拷貝	硬式拷贝	硬拷贝
硬磁碟	硬盤	硬磁碟	硬盘
硬磁碟	硬	硬磁碟	硬
ㄨ			
無線電望遠	射電望遠	无线电望远	射电望远
伍德洛	伍德羅	伍德洛	伍德罗
瓦都茲	瓦杜茲	瓦都兹	瓦杜兹
瓦妮莎	瓦奈薩	瓦妮莎	瓦奈萨
瓦勒莉	瓦萊麗	瓦勒莉	瓦莱丽
瓦斯	煤氣	瓦斯	煤气
瓦斯爐	煤氣灶	瓦斯炉	煤气灶

一
ㄨ

ㄨ

台灣用語	大陸用語	台湾用语（简体）	大陆用语（简体）
瓦爾特	沃爾特	瓦尔特	沃尔特
瓦爾克	沃克	瓦尔克	沃克
渥茲華斯	華茲華斯	渥兹华斯	华兹华斯
外匯存底	外匯儲備	外汇存底	外汇储备
威弗列德	威弗雷德	威弗列德	威弗雷德
威靈頓	惠靈頓	威灵顿	惠灵顿
威權	權威	威权	权威
韋勃	韋布	韦勃	韦布
韋納爾	沃納	韦纳尔	沃纳
韋爾伯	威爾伯	韦尔伯	威尔伯
唯讀記憶體	只讀存儲器	唯读记忆体	只读存储器
微視	微觀	微视	微观

台灣用語	大陸用語	台灣用語 (简体)	大陆用语 (简体)
維達	維塔	维达	维塔
維德角島	佛得角	维德角岛	佛得角
維娜	弗娜	维娜	弗娜
維拉	薇拉	维拉	薇拉
維拉妮卡	維羅妮卡	维拉妮卡	维罗妮卡
維隆卡	韋倫卡	维隆卡	韦伦卡
維克	威克	维克	威克
維克多	維克托	维克多	维克托
維吉妮亞	弗吉尼亞	维吉妮亚	弗吉尼亚
維琪	維姬	维琪	维姬
維生	維持生活	维生	维持生活
維爾拉	維奧拉	维尔拉	维奥拉

ㄨ

台灣用語	大陸用語	台湾用语（简体）	大陆用语（简体）
維爾莉特	維奧利特	维尔莉特	维奥利特
維文	維維恩	维文	维维恩
偉茲	威斯	伟兹	威斯
未爆彈	啞彈	未爆弹	哑弹
位址	地址	位址	地址
位址匯流排	地址總線	位址汇流排	地址总线
位元組	字節	位元组	字节
衛維恩	維維安	卫维恩	维维安
莞然	莞爾	莞然	莞尔
萬那杜	瓦努阿圖	万那杜	瓦努阿图
萬用字元	通配符	万用字元	通配符
溫蒂	溫迪	温蒂	温迪

ㄨ

台灣用語	大陸用語	台湾用语（简体）	大陆用语（简体）
溫妮費德	威妮弗蕾德	温妮费德	威妮弗蕾德
溫士頓	溫斯頓	温士顿	温斯顿
文定	訂婚儀式	文定	订婚仪式
文森	文森特	文森	文森特
汶萊	文萊	汶萊	文莱
網路	網絡	网路	网络
網際網絡	因特網	网际网络	因特网
旺妲	旺達	旺妲	旺达
ㄩ			
漁獲量	捕獲量	渔获量	捕获量
羽球	羽毛球	羽球	羽毛球
原點	基點	原点	基点

ㄨ
ㄩ

台灣用語	大陸用語	台灣用語 （简体）	大陆用语 （简体）
原子筆	原珠筆	原子笔	原珠笔
原子爐	原子反應堆	原子炉	原子反应堆
原素	因素	原素	因素
園遊會	游園會	园游会	游园会

ㄩ

二、由大陸用語查台灣用語—以總筆劃數排序

（由大陸用語查台灣用語—以总笔划数排序）

大陆用语 （简体）	台湾用语 （简体）	大陸用語	台灣用語
1 劃			
乙型肝炎	B 型肝炎	乙型肝炎	B 型肝炎
2 劃			
二极管	二极体	二極管	二極體
人工心肺机	心肺机	人工心肺機	心肺機
人工智能	人工智慧	人工智能	人工智慧
人行道	步道	人行道	步道
人行道	行人穿越道	人行道	行人穿越道
几内亚比绍	几内亚比索	幾內亞比紹	幾內亞比索
3 劃			
三维空间	三度空间	三維空間	三度空間
上血压	高血压	上血壓	高血壓

1
劃

大陆用语 （简体）	台湾用语 （简体）	大陸用語	台灣用語
下血压	低血压	下血壓	低血壓
久斯塔夫	古斯塔夫	久斯塔夫	古斯塔夫
久斯塔芙	葛佳丝塔芙	久斯塔芙	葛佳絲塔芙
义务劳动	义工	義務勞動	義工
也门	叶门	也門	葉門
凡尔纳	佛能	凡爾納	佛能
凡高	梵谷	凡高	梵谷
土库曼斯坦	土库曼	土庫曼斯坦	土庫曼
大马士革	大马士格	大馬士革	大馬士格
大众传播媒介	大众媒体	大眾傳播媒介	大眾媒體
大陆架	大陆棚	大陸架	大陸棚
大陆架	大陆礁层	大陸架	大陸礁層

3
劃

大陆用语 （简体）	台湾用语 （简体）	大陸用語	台灣用語
女流氓	太妹	女流氓	太妹
小品	短剧	小品	短劇
小球藻	绿球藻	小球藻	綠球藻
小羚羊	岩羚	小羚羊	岩羚
工薪阶层	薪水阶级	工薪階層	薪水階級
工薪阶层	上班族	工薪階層	上班族
干馏釜	蒸馏罐	乾餾釜	蒸餾罐
马尔代夫	马尔地夫	馬爾代夫	馬爾地夫
马尔科姆	麦尔肯	馬爾科姆	麥爾肯
马耳他	马尔他	馬耳他	馬爾他
马那瓜	马拿瓜	馬那瓜	馬拿瓜
马克西米利 安	马克西米兰	馬克西米利 安	馬克西米蘭

3
劃

大陆用语 （简体）	台湾用语 （简体）	大陸用語	台灣用語
马库斯	马卡斯	馬庫斯	馬卡斯
马里	马利	馬里	馬利
马拉维	马拉威	馬拉維	馬拉威
马拉博	马拉波	馬拉博	馬拉波
马修	马休	馬修	馬休
马海毛	马海呢	馬海毛	馬海呢
马累	玛律	馬累	瑪律
马普托	马布多	馬普托	馬布多
马塞卢	马塞鲁	馬塞盧	馬塞魯
不明飞行体	幽浮	不明飛行體	幽浮
与门	极闸	與門	極閘
4 劃			

3
劃

大陆用语 （简体）	台湾用语 （简体）	大陸用語	台灣用語
中介	仲介	中介	仲介
中央处理机	中央处理单位	中央處理機	中央處理單位
丹尼斯	邓尼斯	丹尼斯	鄧尼斯
乌兰巴托	库伦	烏蘭巴托	庫倫
乌勒	优拉	烏勒	優拉
公交车	巴士	公交車	巴士
公交车	公车	公交車	公車
公安局	警局	公安局	警局
内罗毕	奈洛比	內羅畢	奈洛比
内莉	内丽	內莉	內麗
内奥米	娜娥迷	內奧米	娜娥迷
内森	奈登	內森	奈登

4
劃

大陆用语 （简体）	台湾用语 （简体）	大陸用語	台灣用語
冈比亚	甘比亚	岡比亞	甘比亞
分清	厘清	分清	釐清
切丽	绮莉	切麗	綺莉
切斯特	贾斯特	切斯特	賈斯特
厄代尔	亚岱尔	厄代爾	亞岱爾
厄尔	额尔	厄爾	額爾
厄瓜多尔	厄瓜多	厄瓜多爾	厄瓜多
厄休拉	耳舒拉	厄休拉	耳舒拉
厄普顿	阿普顿	厄普頓	阿普頓
厄赫恩	亚恒	厄赫恩	亞恆
厄撒	尔莎	厄撒	爾莎
反导弹导弹	反飞弹飞弹	反導彈導彈	反飛彈飛彈

4
劃

大陆用语 （简体）	台湾用语 （简体）	大陸用語	台灣用語
反面影响	负面影响	反面影響	負面影響
反馈	回馈	反饋	回饋
太空服	太空衣	太空服	太空衣
少教所	感化院	少教所	感化院
尤多勒	尤朵拉	尤多勒	尤朵拉
尤利西兹	尤里西斯	尤利西茲	尤里西斯
尤妮斯	尤妮丝	尤妮斯	尤妮絲
尤赖亚	尤莱亚	尤賴亞	尤萊亞
巴内特	巴奈特	巴內特	巴奈特
巴巴多斯	巴贝多	巴巴多斯	巴貝多
巴兹尔	巴泽尔	巴茲爾	巴澤爾
巴洛	巴罗	巴洛	巴羅

4
劃

大陆用语 （简体）	台湾用语 （简体）	大陸用語	台灣用語
巴特利	巴特莱	巴特利	巴特萊
巴萨洛缪	巴萨罗缪	巴薩洛繆	巴薩羅繆
巴斯特尔	巴士特尔	巴斯特爾	巴士特爾
开关晶体管	交换电晶体	開關晶體管	交換電晶體
心电图描记 器	心电描记器	心電圖描記 器	心電描記器
心律不齐	心律不整	心律不齊	心律不整
心脏杂音	心肺杂音	心臟雜音	心肺雜音
戈尔巴乔夫	戈巴契夫	戈爾巴喬夫	戈巴契夫
戈弗雷	高德佛里	戈弗雷	高德佛里
戈达德	哥达	戈達德	哥達
扎伊尔	萨伊	扎伊爾	薩伊
扎克里	扎克利	扎克里	扎克利

4
劃

大陆用语 （简体）	台湾用语 （简体）	大陸用語	台灣用語
扎维埃勒	赛薇亚拉	扎維埃勒	賽薇亞拉
支持	支援	支持	支援
文工团	康乐队	文工團	康樂隊
文娱活动	康乐活动	文娛活動	康樂活動
文莱	汶莱	文萊	汶萊
文森特	文森	文森特	文森
方便面	泡面	方便面	泡麵
方便面	速食面	方便面	速食麵
无声电影	默片	無聲電影	默片
木偶戏	布袋戏	木偶戲	布袋戲
比尤拉	比尤莱	比尤拉	比尤萊
比彻	比其尔	比徹	比其爾

4
劃

大陆用语 （简体）	台湾用语 （简体）	大陸用語	台灣用語
比阿特丽斯	碧翠斯	比阿特麗斯	碧翠斯
比绍	比索	比紹	比索
比勒陀利亚	普利托里亚	比勒陀利亞	普利托里亞
比维斯	毕维斯	比維斯	畢維斯
比萨	披萨	比薩	披薩
比琳达	贝琳达	比琳達	貝琳達
毛里求斯	模里西斯	毛里求斯	模里西斯
毛里塔尼亚	茅利塔尼亚	毛里塔尼亞	茅利塔尼亞
水平	水准	水平	水準
瓦文萨	华勒沙	瓦文薩	華勒沙
瓦尔德海姆	华德翰	瓦爾德海姆	華德翰
瓦伦蒂娜	范伦汀娜	瓦倫蒂娜	范倫汀娜

4
劃

大陆用语 （简体）	台湾用语 （简体）	大陸用語	台灣用語
瓦努阿图	万那杜	瓦努阿圖	萬那杜
瓦杜兹	瓦都兹	瓦杜茲	瓦都茲
瓦奈萨	瓦妮莎	瓦奈薩	瓦妮莎
瓦莱丽	瓦勒莉	瓦萊麗	瓦勒莉
计划	计画	計劃	計畫
计画生育	家庭计画	計畫生育	家庭計畫
计算器	计算机	計算器	計算機
订婚仪式	文定	訂婚儀式	文定
贝宁	贝南	貝寧	貝南
贝宁	达荷美	貝寧	達荷美
贝尔	贝拉	貝爾	貝拉
贝尔格莱德	贝尔格勒	貝爾格萊德	貝爾格勒

4
劃

大陆用语 （简体）	台湾用语 （简体）	大陸用語	台灣用語
贝尔莫潘	贝尔墨邦	貝爾莫潘	貝爾墨邦
贝尔德	拜尔德	貝爾德	拜爾德
贝弗利	贝芙丽	貝弗利	貝芙麗
贝特西	贝琪	貝特西	貝琪
贝斯	贝丝	貝斯	貝絲
车次	车班	車次	車班
邓	唐恩	鄧	唐恩
韦布	韦勃	韋布	韋勃
韦伦卡	维隆卡	韋倫卡	維隆卡
5 劃			
东道国	地主国	東道國	地主國
东盟	东协	東盟	東協

4
劃

大陆用语 （简体）	台湾用语 （简体）	大陸用語	台灣用語
代客停车	代客泊车	代客停車	代客泊車
兰伯特	蓝伯特	蘭伯特	藍伯特
兰斯	蓝斯	蘭斯	藍斯
出丑	出糗	出醜	出糗
出租车	计程车	出租車	計程車
加文	盖文	加文	蓋文
加布里埃	加布力尔	加布里埃	加布力爾
加布里埃尔	嘉比里拉	加布里埃爾	嘉比里拉
加纳	迦纳	加納	迦納
加里	盖理	加里	蓋理
加拉加斯	加拉卡斯	加拉加斯	加拉卡斯
加蓬	加彭	加蓬	加彭

5
劃

大陆用语 （简体）	台湾用语 （简体）	大陸用語	台灣用語
北也门	北叶门	北也門	北葉門
北冰洋	北极海	北冰洋	北極海
北朝鲜	北韩	北朝鮮	北韓
半导体收音机	晶体收音机	半導體收音機	晶體收音機
半角	半形	半角	半形
卡什	凯希	卡什	凱希
卡扎菲	格达费	卡扎菲	格達費
卡尔	凯尔	卡爾	凱爾
卡伦	凯伦	卡倫	凱倫
卡米尔	卡蜜拉	卡米爾	卡蜜拉
卡西	凯丝	卡西	凱絲
卡罗拉	卡萝	卡羅拉	卡蘿

5
劃

大陆用语 （简体）	台湾用语 （简体）	大陸用語	台灣用語
卡罗琳	卡洛琳	卡羅琳	卡洛琳
卡勒尔	卡洛儿	卡勒爾	卡洛兒
卡塔尔	卡达	卡塔爾	卡達
卡斯特罗	卡斯楚	卡斯特羅	卡斯楚
卡默	卡玛	卡默	卡瑪
卢旺达	卢安达	盧旺達	盧安達
卢萨卡	路沙卡	盧薩卡	路沙卡
卢瑟	路德	盧瑟	路德
发展中国家	开发中国家	發展中國家	開發中國家
只读存储器	唯读记忆体	只讀存儲器	唯讀記憶體
可卡因	古柯碱	可卡因	古柯鹼
可控硅	闸流体	可控硅	閘流體

5
劃

大陆用语 （简体）	台湾用语 （简体）	大陸用語	台灣用語
台历	桌历	台曆	桌曆
台球	撞球	台球	撞球
台球桌	撞球台	台球桌	撞球台
叶刺	叶针	葉刺	葉針
圣马力诺	圣马利诺	聖馬力諾	聖馬利諾
圣文森及格 林那丁	圣文森及格 瑞那丁	聖文森及格 林那丁	聖文森及格 瑞那丁
圣卢西亚	圣露西亚	聖盧西亞	聖露西亞
圣地亚哥	圣地牙哥	聖地亞哥	聖地牙哥
圣约瑟	圣荷西	聖約瑟	聖荷西
圣诞	耶诞	聖誕	耶誕
外汇储备	外汇存底	外匯儲備	外匯存底
外围空间导弹	太空飞弹	外圍空間導彈	太空飛彈

5
劃

大陆用语 （简体）	台湾用语 （简体）	大陸用語	台灣用語
奶酪	起司	奶酪	起司
尼日尔	尼日	尼日爾	尼日
尼日利亚	奈及利亚	尼日利亞	奈及利亞
尼古拉斯	尼克勒斯	尼古拉斯	尼克勒斯
尼亚美	尼阿美	尼亞美	尼阿美
尼克松	尼克森	尼克松	尼克森
尼迪亚	妮蒂亚	尼迪亞	妮蒂亞
尼娜	妮娜	尼娜	妮娜
尼科尔	妮可	尼科爾	妮可
尼科西亚	尼古西亚	尼科西亞	尼古西亞
尼科拉	妮可拉	尼科拉	妮可拉
市盈率	本益比	市盈率	本益比

5
劃

大陆用语（简体）	台湾用语（简体）	大陸用語	台灣用語
布什	布希	布什	布希
布兰奇	布兰琪	布蘭奇	布蘭琪
布尔代数	布林代数	布爾代數	布林代數
布伦达	布蓝达	布倫達	布藍達
布丽奇特	布丽姬特	布麗奇特	布麗姬特
布拉柴维尔	布拉萨市	布拉柴維爾	布拉薩市
布拉德利	布兰得利	布拉德利	布蘭得利
布拉德里克	布拉得里克	布拉德里克	布拉得里克
布莱尔	布雷尔	布萊爾	布雷爾
布莱思	布莱兹	布萊思	布萊茲
布基纳法索	布吉那法索	布基納法索	布吉那法索
布基纳法索	上伏塔	布基納法索	上伏塔

5
劃

大陆用语 （简体）	台湾用语 （简体）	大陸用語	台灣用語
布隆迪	蒲隆地	布隆迪	蒲隆地
布斯	布兹	布斯	布茲
布琼布拉	布松布拉	布瓊布拉	布松布拉
布鲁塞尔	布鲁赛尔	布魯塞爾	布魯賽爾
布赖气	布莱恩	布賴氣	布萊恩
布雷迪	布莱迪	布雷迪	布萊迪
幼儿园	幼稚园	幼兒園	幼稚園
弗兰克	法兰克	弗蘭克	法蘭克
弗吉尼亚	维吉妮亚	弗吉尼亞	維吉妮亞
弗里达	弗莉达	弗里達	弗莉達
弗娜	维娜	弗娜	維娜
弗洛伦斯	弗罗伦丝	弗洛倫斯	弗羅倫絲

5
劃

大陆用语 （简体）	台湾用语 （简体）	大陸用語	台灣用語
弗洛拉	费罗拉	弗洛拉	費羅拉
弗朗西丝	法兰西斯	弗朗西絲	法蘭西斯
弗雷德里卡	菲蕾德翠卡	弗雷德里卡	菲蕾德翠卡
弗雷德里克	弗雷得力克	弗雷德里克	弗雷得力克
打印	列印	打印	列印
打印机	印表机	打印機	印表機
本内特	班奈特	本內特	班奈特
本尼迪克特	班尼迪克	本尼迪克特	班尼迪克
本杰明	班杰明	本傑明	班傑明
本森	班森	本森	班森
汇编语言	组合语言	匯編語言	組合語言
汇编程序	组合程式	匯編程序	組合程式

5
劃

5
劃

大陆用语 （简体）	台湾用语 （简体）	大陸用語	台灣用語
汉弗莱	韩弗理	漢弗萊	韓弗理
汉密尔顿	汉米敦	漢密爾頓	漢米敦
甲型肝炎	A型肝炎	甲型肝炎	A型肝炎
电子起博器	整律器	電子起博器	整律器
电吹风	吹风机	電吹風	吹風機
电饭煲	电锅	電飯煲	電鍋
电视教学	空中教学	電視教學	空中教學
电影系列片	影集	電影系列片	影集
电影录像带	影带	電影錄像帶	影帶
电影激光盘	影碟	電影激光盤	影碟
石灰	锻石	石灰	鍛石
立交桥	高架道路	立交橋	高架道路

大陆用语 （简体）	台湾用语 （简体）	大陸用語	台灣用語
艾比盖尔	艾比盖	艾比蓋爾	艾比蓋
艾弗里	艾富里	艾弗里	艾富里
艾米	艾咪	艾米	艾咪
艾丽丝	爱莉丝	艾麗絲	愛莉絲
艾丽斯	爱丽丝	艾麗斯	愛麗絲
艾伯塔	爱尔柏塔	艾伯塔	愛爾柏塔
艾拉	艾勒	艾拉	艾勒
艾格尼丝	爱葛妮丝	艾格尼絲	愛葛妮絲
艾博特	艾布特	艾博特	艾布特
艾琳	爱琳	艾琳	愛琳
艾登	伊登	艾登	伊登
艾登	伊甸	艾登	伊甸

5
劃

大陆用语 （简体）	台湾用语 （简体）	大陸用語	台灣用語
记分牌	记分板	記分牌	記分板
记叙文	叙事文	記敘文	敘事文
记叙文	叙述文	記敘文	敘述文
6 劃			
乒乓球	桌球	乒乓球	桌球
乒乓球台	桌球台	乒乓球台	桌球台
乔伊斯	乔伊丝	喬伊斯	喬伊絲
乔安妮	琼安	喬安妮	瓊安
乔纳斯	琼纳斯	喬納斯	瓊納斯
乔纳森	强纳生	喬納森	強納生
乔治敦	乔治城	喬治敦	喬治城
乔迪	乔蒂	喬迪	喬蒂

5
劃

大陸用语 （简体）	台湾用语 （简体）	大陸用語	台灣用語
乔斯琳	贾思琳	喬斯琳	賈思琳
乔舒亚	乔休尔	喬舒亞	喬休爾
亚伦	雅连	亞倫	雅連
亚的斯亚贝巴	阿迪斯阿贝巴	亞的斯亞貝巴	阿迪斯阿貝巴
亚麻仁油	亚麻子油	亞麻仁油	亞麻子油
亚麻油地毡	油地毡	亞麻油地氈	油地氈
亚塞拜然	阿塞拜疆	亞塞拜然	阿塞拜疆
亚德连	亚德里恩	亞德連	亞德里恩
交通高峰	交通尖峰	交通高峰	交通尖峰
任务栏	工作列	任務欄	工作列
尹	伊芳	伊	伊芳
尹万杰琳	伊文捷琳	伊萬傑琳	伊文捷琳

6
劃

大陆用语 （简体）	台湾用语 （简体）	大陸用語	台灣用語
伊厄胡迪	耶呼弟	伊厄胡迪	耶呼弟
伊夫	伊芙	伊夫	伊芙
伊夫	依夫	伊夫	依夫
伊西多尔	伊西多	伊西多爾	伊西多
伊迪丝	伊蒂丝	伊迪絲	伊蒂絲
伊埃德	耶达	伊埃德	耶達
伊莎贝拉	伊莎蓓尔	伊莎貝拉	伊莎蓓爾
伊莱恩	伊莲恩	伊萊恩	伊蓮恩
伊莱贾	易莱哲	伊萊賈	易萊哲
伊曼纽尔	爱曼纽	伊曼紐爾	愛曼紐
伊斯兰堡	伊斯兰马巴德	伊斯蘭堡	伊斯蘭馬巴德
伊薇特	依耶芙特	伊薇特	依耶芙特

大陆用语 （简体）	台湾用语 （简体）	大陸用語	台灣用語
伍德罗	伍德洛	伍德羅	伍德洛
休闲地	休耕地	休閒地	休耕地
伦道夫	蓝道夫	倫道夫	藍道夫
光玉髓	红玛瑙	光玉髓	紅瑪瑙
光驱	光碟机	光驅	光碟機
光标	游标	光標	游標
光盘	光碟	光盤	光碟
全角	全形	全角	全形
军属	军眷	軍屬	軍眷
列支敦士登	列支敦斯登	列支敦士登	列支敦斯登
创汇	赚取外汇	創匯	賺取外匯
动画片	卡通片	動畫片	卡通片

6
劃

大陆用语 （简体）	台湾用语 （简体）	大陸用語	台灣用語
动脉粥样硬化	动脉粥状硬化	動脈粥樣硬化	動脈粥狀硬化
华尔兹	华尔滋	華爾茲	華爾滋
华兹华斯	渥兹华斯	華茲華斯	渥茲華斯
危地马拉	瓜地马拉	危地馬拉	瓜地馬拉
厌气细菌	嫌气细菌	厭氣細菌	嫌气細菌
合同	合约	合同	合約
吉尔	姬儿	吉爾	姬兒
吉尔伯特	吉伯特	吉爾伯特	吉伯特
吉布提	吉布地	吉布提	吉布地
吉纳维芙	珍妮芙	吉納維芙	珍妮芙
吉塞尔	吉榭尔	吉塞爾	吉榭爾
回形针	回纹针	迴形針	迴紋針

6
劃

大陆用语 （简体）	台湾用语 （简体）	大陸用語	台灣用語
因格马	英格马	因格馬	英格馬
因特网	网际网络	因特網	網際網絡
因素	原素	因素	原素
圭亚那	盖亚那	圭亞那	蓋亞那
地址	位址	地址	位址
地址总线	位址汇流排	地址總線	位址匯流排
壮族	僮族	壯族	僮族
多巴哥	托贝哥	多巴哥	托貝哥
多多马	杜笃玛	多多馬	杜篤瑪
多米尼加	多米尼克	多米尼加	多米尼克
多米尼加联邦	多明尼加	多米尼加聯邦	多明尼加
多丽丝	多莉丝	多麗絲	多莉絲

6
劃

大陆用语 （简体）	台湾用语 （简体）	大陸用語	台灣用語
多明尼克	多明尼卡	多明尼克	多明尼卡
多哈	杜哈	多哈	杜哈
多音字	破音字	多音字	破音字
多萝西	桃乐斯	多蘿西	桃樂斯
字节	位元组	字節	位元組
存贮	储存	存貯	儲存
存贮器	记忆体	存貯器	記憶體
宇宙飞船	太空船	宇宙飛船	太空船
宇航员	太空人	宇航員	太空人
安	安妮	安	安妮
安东尼娅	妮儿	安東尼婭	妮兒
安东尼娅	安东妮儿	安東尼婭	安東妮兒

6
劃

大陆用语 （简体）	台湾用语 （简体）	大陸用語	台灣用語
安吉拉	安琪拉	安吉拉	安琪拉
安吉洛	安其罗	安吉洛	安其羅
安托万	安东莞	安托萬	安東莞
安托尼奥	安东尼奥	安托尼奧	安東尼奧
安提瓜及巴布达	安地卡及巴布达	安提瓜及巴布達	安地卡及巴布達
安斯埃尔	安斯艾尔	安斯埃爾	安斯艾爾
安德里亚	安德莉亚	安德里亞	安德莉亞
安德烈	安得烈	安德烈	安得烈
导入	汇入	導入	匯入
寻出	汇出	導出	匯出
寻弹	飞弹	導彈	飛彈
寻磁系数	磁导率	導磁係數	磁導率

6
劃

大陆用语 （简体）	台湾用语 （简体）	大陸用語	台灣用語
尖子学生	资优生	尖子學生	資優生
尖子班	资优班	尖子班	資優班
巡边员	边线裁判	巡邊員	邊線裁判
巡回法庭	巡航法庭	巡回法庭	巡航法庭
巡航舰	巡防舰	巡航艦	巡防艦
廷布	辛布	廷布	辛布
托尼	汤尼	托尼	湯尼
托拜厄斯	托拜西	托拜厄斯	托拜西
托德	陶德	托德	陶德
曳光子弹	曳光弹弹头	曳光子彈	曳光彈彈頭
有机硅化合物	有机硅化合物	有機硅化合物	有機矽化合物
朱利叶斯	朱利尔斯	朱利葉斯	朱利爾斯

6
劃

大陆用语（简体）	台湾用语（简体）	大陸用語	台灣用語
朱迪	朱蒂	朱迪	朱蒂
朱迪思	朱蒂斯	朱迪思	朱蒂斯
朱莉娅	朱丽亚	朱莉婭	朱麗亞
权威	威权	權威	威權
死机	当机	死機	當機
毕晓普	毕夏普	畢曉普	畢夏普
汤加	东加	湯加	東加
灯芯绒	灯芯呢	燈芯絨	燈芯呢
米尔德里德	缪得莉	米爾德里德	繆得莉
米克	密克	米克	密克
米里亚姆	蜜莉恩	米里亞姆	蜜莉恩
米洛	米路	米洛	米路

6
劃

大陆用语（简体）	台湾用语（简体）	大陸用語	台灣用語
米娘	蜜妮安	米娘	蜜妮安
米勒贝尔	蜜拉贝儿	米勒貝爾	蜜拉貝兒
米歇尔	米契尔	米歇爾	米契爾
米歇尔	蜜雪儿	米歇爾	蜜雪兒
红宝石云母	珍云母	紅寶石雲母	珍雲母
纤维瘤	纤维肉瘤	纖維瘤	纖維肉瘤
网关	通讯闸	網關	通訊閘
网络	网路	網絡	網路
羽毛球	羽球	羽毛球	羽球
老挝	寮国	老撾	寮國
考核制度	考绩制度	考核制度	考績制度
耳轮	耳叶	耳輪	耳葉

6
劃

大陆用语 （简体）	台湾用语 （简体）	大陸用語	台灣用語
肉末	绞肉	肉末	絞肉
自由体操	地板操	自由體操	地板操
血管照相术	血管造影	血管照相術	血管造影
西厄博德	希尔保特	西厄博德	希爾保特
西比尔	希贝儿	西比爾	希貝兒
西尔维斯特	席尔维斯特	西爾維斯特	席爾維斯特
西里尔	西瑞尔	西里爾	西瑞爾
西哈努克	施亚努	西哈努克	施亞努
西格丽德	西格莉德	西格麗德	西格莉德
西勒	席拉	西勒	席拉
西维厄	西维亚	西維厄	西維亞
西奥多	希欧多尔	西奧多	希歐多爾

大陆用语 （简体）	台湾用语 （简体）	大陸用語	台灣用語
西蒙	赛门	西蒙	賽門
观念	理念	觀念	理念
达内尔	达尼尔	達內爾	達尼爾
达纳	戴纳	達納	戴納
达纳	黛娜	達納	黛娜
达芙妮	芙妮	達芙妮	芙妮
达芙妮	黛芙妮	達芙妮	黛芙妮
达琳	达莲娜	達琳	達蓮娜
迈尔斯	麦尔斯	邁爾斯	麥爾斯
迈伦	麦伦	邁倫	麥倫
迈克	麦克	邁克	麥克
迈拉	玛拉	邁拉	瑪拉

6
劃

大陆用语 （简体）	台湾用语 （简体）	大陸用語	台灣用語
齐夫	日杰夫	齊夫	日傑夫
齐妮亚	芝妮雅	齊妮亞	芝妮雅
7 劃			
串行数据	串接资料	串行數據	串接資料
丽贝卡	丽蓓卡	麗貝卡	麗蓓卡
丽娃	莉娃	麗娃	莉娃
丽贾纳	蕾佳娜	麗賈納	蕾佳娜
丽塔	莉达	麗塔	莉達
亨特	汉特	亨特	漢特
伯尔尼	伯恩	伯爾尼	伯恩
伯尼尔	布尼尔	伯尼爾	布尼爾
伯吉斯	伯骑士	伯吉斯	伯騎士

大陆用语 （简体）	台湾用语 （简体）	大陸用語	台灣用語
伯克	巴尔克	伯克	巴爾克
伯利兹	贝里斯	伯利茲	貝里斯
伯纳德	柏纳	伯納德	柏納
伯坦	伯顿	伯坦	伯頓
伯妮斯	柏妮丝	伯妮斯	柏妮絲
伯特伦	柏特莱姆	伯特倫	柏特萊姆
伯莎	柏莎	伯莎	柏莎
伯顿	波顿	伯頓	波頓
佐伊	若伊	佐伊	若伊
佐纳	若娜	佐納	若娜
体力劳动者	蓝领	體力勞動者	藍領
佛得角	维德角岛	佛得角	維德角島

7
劃

大陆用语（简体）	台湾用语（简体）	大陸用语	台灣用語
克尔	科尔	克爾	科爾
克丽斯廷	克莉丝汀	克麗斯廷	克莉絲汀
克丽斯特尔	克莉斯多	克麗斯特爾	克莉斯多
克利夫	柯利福	克利夫	柯利福
克利福德	柯利弗德	克利福德	柯利弗德
克里斯托弗	克里斯多夫	克里斯托弗	克里斯多夫
克里斯琴	克里斯汀	克里斯琴	克里斯汀
克拉拉	克莱拉	克拉拉	克萊拉
克林顿	柯林顿	克林頓	柯林頓
克洛伊	克洛怡	克洛伊	克洛怡
克莱门泰因	克莱曼婷	克萊門泰因	克萊曼婷
克莱门特	克雷孟特	克萊門特	克雷孟特

7
劃

大陆用语 （简体）	台湾用语 （简体）	大陸用語	台灣用語
克莱尔	克莱儿	克萊爾	克萊兒
克莱尔	克雷尔	克萊爾	克雷爾
克莱德	克莱得	克萊德	克萊得
克赖斯特	克莱斯特	克賴斯特	克萊斯特
克雷格	克莱格	克雷格	克萊格
冷饮店	冰店	冷飲店	冰店
利夫	列夫	利夫	列夫
利比里亚	赖比瑞亚	利比里亞	賴比瑞亞
利瓦伊	李维	利瓦伊	李維
利拉	莉拉	利拉	莉拉
利隆圭	里朗威	利隆圭	里朗威
利奥纳	李奥娜	利奧納	李奧娜

7
劃

大陆用语 （简体）	台湾用语 （简体）	大陸用語	台灣用語
利蒂希	列娣西雅	利蒂希	列娣西雅
利蒂希娅	列娣西雅	利蒂希婭	列娣西雅
努瓦克肖特	诺克少	努瓦克肖特	諾克少
努库阿洛法	努瓜娄发	努庫阿洛法	努瓜婁發
吨	公顿	噸	公頓
坎迪斯	坎蒂丝	坎迪斯	坎蒂絲
希拉里	希拉瑞莉	希拉里	希拉瑞莉
希瑟	赫瑟尔	希瑟	赫瑟爾
希瑟	海拾兹	希瑟	海拾茲
庇护	翼庇	庇護	翼庇
快餐听	速简餐厅	快餐聽	速簡餐廳
技术转让	技术移转	技術轉讓	技術移轉

7
劃

大陆用语 （简体）	台湾用语 （简体）	大陸用语	台灣用语
抗组胺剂	抗组织胺	抗組胺劑	抗組織胺
抗暴	镇暴	抗暴	鎮暴
护创膏	绊创膏	護創膏	絆創膏
报告文学	报导文学	報告文學	報導文學
旷工	翘班	曠工	翹班
汽车站	公车站	汽車站	公車站
沃尔特	瓦尔特	沃爾特	瓦爾特
沃克	瓦尔克	沃克	瓦爾克
沃纳	华纳	沃納	華納
沃纳	韦纳尔	沃納	韋納爾
沃莉斯	华莉丝	沃莉斯	華莉絲
沃德	华德	沃德	華德

7
劃

大陆用语 （简体）	台湾用语 （简体）	大陸用語	台灣用語
沙兹尔	夏佐	沙兹爾	夏佐
沙特阿拉伯	沙乌地阿拉伯	沙特阿拉伯	沙烏地阿拉伯
玛吉	玛姬	瑪吉	瑪姬
玛米	梅蜜	瑪米	梅蜜
玛西娅	玛西亚	瑪西婭	瑪西亞
玛丽娜	马丽娜	瑪麗娜	馬麗娜
玛克辛	玛可欣	瑪克辛	瑪可欣
玛奇	玛琪	瑪奇	瑪琪
玛哲丽	玛乔丽	瑪哲麗	瑪喬麗
玛格	麦格	瑪格	麥格
玛撒	玛莎	瑪撒	瑪莎
男流氓	太保	男流氓	太保

7
劃

大陆用语 （简体）	台湾用语 （简体）	大陸用語	台灣用語
系统盘	开机片	系統盤	開機片
纳尔逊	尼尔森	納爾遜	尼爾森
纳索	拿索	納索	拿索
纳塔莉	娜特莉	納塔莉	娜特莉
纳撒尼尔	奈宝尼尔	納撒尼爾	奈寶尼爾
芯片	晶片	芯片	晶片
花样溜冰	花式溜冰	花樣溜冰	花式溜冰
苏里南	苏利南	蘇里南	蘇利南
苏茜	苏西	蘇茜	蘇西
财政部	财政厅	財政部	財政廳
走读	通学	走讀	通學
走读生	通勤生	走讀生	通勤生

7
劃

大陆用语 （简体）	台湾用语 （简体）	大陸用語	台灣用語
辛西娅	辛西亚	辛西婭	辛西亞
辛烷值	辛烷价	辛烷值	辛烷價
8 劃			
运行	营运	運行	營運
违章高速开 摩托车	飚车	違章高速開 摩托車	飆車
连锁店	联锁店	連鎖店	聯鎖店
邮电亭	邮局	郵電亭	郵局
邮递员	邮差	郵遞員	郵差
里根	雷根	里根	雷根
可什伯恩	亚希伯恩	阿什伯恩	亞希伯恩
可切尔	阿奇尔	阿切爾	阿奇爾
可切博尔德	阿奇柏德	阿切博爾德	阿奇柏德

7
劃

大陆用语 （简体）	台湾用语 （简体）	大陸用語	台灣用語
阿加莎	爱葛莎	阿加莎	愛葛莎
阿尔瓦	阿尔娃	阿爾瓦	阿爾娃
阿尔佛列德	亚尔弗列得	阿爾佛列德	亞爾弗列得
阿尔玛	爱玛	阿爾瑪	愛瑪
阿尔维斯	亚尔维斯	阿爾維斯	亞爾維斯
阿尔温	艾文	阿爾溫	艾文
阿布扎比	阿布达比	阿布扎比	阿布達比
阿皮亚	阿比亚	阿皮亞	阿比亞
阿伦	亚尔林	阿倫	亞爾林
阿多尼斯	亚度尼斯	阿多尼斯	亞度尼斯
阿米莉娅	阿蜜莉雅	阿米莉婭	阿蜜莉雅
阿西娅	奥尔瑟雅	阿西婭	奧爾瑟雅

8
劃

大陆用语 （简体）	台湾用语 （简体）	大陸用語	台灣用語
阿伯特	艾伯特	阿伯特	艾伯特
阿纳贝勒	安娜贝儿	阿納貝勒	安娜貝兒
阿纳斯塔西娅	阿娜丝塔西夏	阿納斯塔西婭	阿娜絲塔西夏
阿姆斯特朗	阿姆斯壮	阿姆斯特朗	阿姆斯壯
阿拉伯联合 酋长国	阿拉伯联合 大公国	阿拉伯聯合 酋長國	阿拉伯聯合 大公國
阿杰	阿尔杰	阿傑	阿爾傑
阿特伍德	亚特伍德	阿特伍德	亞特伍德
阿莫斯	亚摩斯	阿莫斯	亞摩斯
阿勒贝勒	爱勒贝拉	阿勒貝勒	愛勒貝拉
阿培尔	亚伯	阿培爾	亞伯
可基诺夫人	艾奎诺夫人	阿基諾夫人	艾奎諾夫人
可曼德	亚尔曼	阿曼德	亞爾曼

8
劃

大陆用语 （简体）	台湾用语 （简体）	大陸用語	台灣用語
阿塔兰特	亚特兰特	阿塔蘭特	亞特蘭特
阿斯特丽德	艾丝翠得	阿斯特麗德	艾絲翠得
阿普丽尔	艾谱莉	阿普麗爾	艾譜莉
阿琳	艾琳娜	阿琳	艾琳娜
阿瑟	亚瑟	阿瑟	亞瑟
阿德来德	爱得来德	阿德來德	愛得來德
阿德拉	爱得拉	阿德拉	愛得拉
附属岛屿	离岛	附屬島嶼	離島
麦克斯韦	麦斯威尔	麥克斯韋	麥斯威爾
京剧	平剧	京劇	平劇
京剧	国剧	京劇	國劇
佩内洛普	潘娜洛普	佩內洛普	潘娜洛普

8
劃

大陆用语 （简体）	台湾用语 （简体）	大陸用語	台灣用語
佩里	斐瑞	佩里	斐瑞
佩奇	蓓姬	佩奇	蓓姬
佩奇	裴吉	佩奇	裴吉
凯	凯伊	凱	凱伊
凯温	科尔温	凱溫	科爾溫
卓拉	若拉	卓拉	若拉
单词	单字	單詞	單字
呼和浩特	归绥	呼和浩特	歸綏
国际象棋	西洋棋	國際象棋	西洋棋
国家权力，公共权力	公权力	國家權力，公共權力	公權力
图瓦卢	土瓦鲁	圖瓦盧	土瓦魯
图瓦卢	吐瓦鲁	圖瓦盧	吐瓦魯

8
劃

大陆用语 （简体）	台湾用语 （简体）	大陸用語	台灣用語
坦克车手	坦克队员	坦克車手	坦克隊員
坦桑尼亚	坦尚尼亚	坦桑尼亞	坦尚尼亞
夜宵	宵夜	夜宵	宵夜
奈杰尔	奈哲尔	奈傑爾	奈哲爾
奔驰汽车	宾士汽车	奔馳汽車	賓士汽車
姆巴巴纳	墨巴本	姆巴巴納	墨巴本
岩心管	岩心筒	岩心管	岩心筒
巫娜	优娜	巫娜	優娜
帕皮	波比	帕皮	波比
帕克	派克	帕克	派克
帕拉马里博	巴拉马利波	帕拉馬里博	巴拉馬利波
帕迪	培迪	帕迪	培迪

8
劃

大陆用语 （简体）	台湾用语 （简体）	大陸用語	台灣用語
帕格	佩格	帕格	珮格
帕特	培特	帕特	培特
帕特丽夏	派翠西亚	帕特麗夏	派翠西亞
帕特里克	派翠克	帕特里克	派翠克
帕梅拉	潘蜜拉	帕梅拉	潘蜜拉
录象机	录影机	錄像機	錄影機
征税	课税	征稅	課稅
念白	口白	念白	口白
拉力计	张力计	拉力計	張力計
拉尔夫	雷尔夫	拉爾夫	雷爾夫
立各斯	拉哥斯	拉各斯	拉哥斯
立克桑	洛葛仙妮	拉克桑	洛葛仙妮

8
劃

大陆用语 （简体）	台湾用语 （简体）	大陸用語	台灣用語
拉里	劳瑞	拉里	勞瑞
拉歇尔	雷契尔	拉歇爾	雷契爾
拖拉机	农耕机	拖拉機	農耕機
旺达	旺姐	旺達	旺姐
昆廷	昆特	昆廷	昆特
昆坦	昆顿	昆坦	昆頓
昆蒂纳	昆蒂娜	昆蒂納	昆蒂娜
易拉罐	易开罐	易拉罐	易開罐
服务员	服务生	服務員	服務生
服务器	伺服器	服務器	伺服器
杰弗里	杰佛理	傑弗里	傑佛理
杰弗里	杰佛瑞	傑弗里	傑佛瑞

8
劃

大陆用语 （简体）	台湾用语 （简体）	大陸用語	台灣用語
杰米	婕咪	傑米	婕咪
杰西	婕西	傑西	婕西
杰西卡	杰西嘉	傑西卡	傑西嘉
杰里	杰理	傑里	傑理
杰里米	杰勒米	傑里米	傑勒米
杰里德	杰瑞德	傑里德	傑瑞德
杰拉尔丁	娇拉汀	傑拉爾丁	嬌拉汀
杰拉尔德	吉罗德	傑拉爾德	吉羅德
杰罗姆	哲罗姆	傑羅姆	哲羅姆
杰奎琳	贾桂琳	傑奎琳	賈桂琳
杰默	姬玛	傑默	姬瑪
林登	林顿	林登	林頓

8
劃

大陆用语 （简体）	台湾用语 （简体）	大陸用語	台灣用語
林赛	琳赛	林賽	琳賽
果子冻	洋菜冻	果子凍	洋菜凍
欧内斯特	欧尼斯特	歐內斯特	歐尼斯特
欧文	欧恩	歐文	歐恩
波多诺伏	新港	波多諾伏	新港
波拉	赛拉	波拉	賽拉
波恩	波昂	波恩	波昂
波莉	珀莉	波莉	珀莉
泽布伦	纪伯伦	澤布倫	紀伯倫
泽诺比啊	丽诺比雅	澤諾比啊	麗諾比雅
泽维尔	赛维尔	澤維爾	賽維爾
现场录像	现场录影	現場錄像	現場錄影

大陆用语 （简体）	台湾用语 （简体）	大陸用語	台灣用語
罗伯塔	萝勃塔	羅伯塔	蘿勃塔
罗克	洛克	羅克	洛克
罗纳德	罗奈尔得	羅納德	羅奈爾得
罗兹	罗丝	羅茲	羅絲
罗兹玛丽	露丝玛丽	羅茲瑪麗	露絲瑪麗
耶尔	耶鲁	耶爾	耶魯
耶特	依耶塔	耶特	依耶塔
肯	肯恩	肯	肯恩
肯尼亚	肯亚	肯尼亞	肯亞
肯尼迪	甘乃迪	肯尼迪	甘迺迪
肯尼思	肯尼士	肯尼思	肯尼士
英格拉姆	英格兰姆	英格拉姆	英格蘭姆

8
劃

大陆用语 （简体）	台湾用语 （简体）	大陸用語	台灣用語
英联邦	不列颠国协	英聯邦	不列顛國協
范伦廷	范伦丁	范倫廷	范倫丁
范妮	梵妮	范妮	梵妮
贤惠	贤慧	賢惠	賢慧
软件	软体	軟件	軟體
软盘	软碟	軟盤	軟碟
软盘	软磁碟	軟盤	軟磁碟
迪尔德丽	迪得莉	迪爾德麗	迪得莉
迪伦	狄伦	迪倫	狄倫
迪安	迪恩	迪安	迪恩
迪克	狄克	迪克	狄克
迪莉娅	迪丽雅	迪莉婭	迪麗雅

8
劃

大陆用语 （简体）	台湾用语 （简体）	大陸用語	台灣用語
迪斯科	狄斯可	迪斯科	狄斯可
采购	采买	採購	採買
金伯莉	金百莉	金伯莉	金百莉
金沙萨	金夏沙	金沙薩	金夏沙
金星玻璃	金星石	金星玻璃	金星石
金斯敦	京斯敦	金斯敦	京斯敦
青藏高原	青康藏高原	青藏高原	青康藏高原
9 劃			
侯赛因	胡笙	侯賽因	胡笙
保存	存贮	保存	存貯
保姆	仆妇	保姆	僕婦
信息	讯息	信息	訊息

8
劃

大陆用语 （简体）	台湾用语 （简体）	大陸用語	台灣用語
信息	资讯	信息	資訊
信息传递	资讯传递	信息傳遞	資訊傳遞
信息论	资讯论	信息論	資訊論
信息技术	资讯技术	信息技術	資訊技術
信息社会	资讯化社会	信息社會	資訊化社會
信息系统	资讯系统	信息系統	資訊系統
信息终端	智慧型终端机	信息終端	智慧型終端機
信息容量	资讯容量	信息容量	資訊容量
剃须刀	刮胡刀	剃鬚刀	刮鬍刀
南也门	南叶门	南也門	南葉門
南希	南茜	南希	南茜
哈代	哈蒂	哈代	哈蒂

9
劃

大陆用语 （简体）	台湾用语 （简体）	大陸用語	台灣用語
哈尼	汉妮	哈尼	漢妮
哈丽特	哈里特	哈麗特	哈里特
哈丽特	哈莉特	哈麗特	哈莉特
哈罗德	哈乐德	哈羅德	哈樂德
哈桑二世	海珊二世	哈桑二世	海珊二世
哈维	哈威	哈維	哈威
哈萨克斯坦	哈萨克	哈薩克斯坦	哈薩克
哈博罗内	嘉柏隆	哈博羅內	嘉柏隆
哑炮	瞎炮	啞砲	瞎砲
哑弹	未爆弹	啞彈	未爆彈
型芯	模芯	型芯	模芯
复审	更审	復審	更審

9
劃

大陆用语 （简体）	台湾用语 （简体）	大陸用語	台灣用語
复审制度	复判制度	復審制度	復判制度
奎纳	昆娜	奎納	昆娜
奎纳尔	昆尼尔	奎納爾	昆尼爾
威尔伯	韦尔伯	威爾伯	韋爾伯
威弗雷德	威弗列德	威弗雷德	威弗列德
威克	维克	威克	維克
威妮弗蕾德	温妮费德	威妮弗蕾德	溫妮費德
威斯	伟兹	威斯	偉茲
娜蒂维达德	娜提维达	娜蒂維達德	娜提維達
屏幕	萤幕	屏幕	螢幕
总线	汇流排	總線	匯流排
拼搏	打拼	拼搏	打拼

9
劃

大陆用语 （简体）	台湾用语 （简体）	大陸用語	台灣用語
指针	指标	指針	指標
故事片	剧情片	故事片	劇情片
显示屏	显示幕	顯示屏	顯示幕
显隐墨水	隐形墨水	顯隱墨水	隱形墨水
柏哲	柏吉尔	柏哲	柏吉爾
查尔斯	查理斯	查爾斯	查理斯
查普曼	契布曼	查普曼	契布曼
柯尔贝尔	考伯特	柯爾貝爾	考伯特
柯克	科克	柯克	科克
柯蒂斯	柯帝士	柯蒂斯	柯帝士
柳申	陆斯恩	柳申	陸斯恩
栅	闸极	柵	閘極

9
劃

大陆用语 （简体）	台湾用语 （简体）	大陸用語	台灣用語
泵	帮浦	泵	幫浦
洛兰	洛伦	洛蘭	洛倫
洛伦特	罗伦	洛倫特	羅倫
洛阳市	洛阳县	洛陽市	洛陽縣
洛美	洛梅	洛美	洛梅
洛勒	罗拉	洛勒	羅拉
洛勒尔	罗瑞尔	洛勒爾	羅瑞爾
津巴布韦	辛巴威	津巴布韋	辛巴威
洪都拉斯	宏都拉斯	洪都拉斯	宏都拉斯
浑浊	混浊	渾濁	混濁
独联体	独立国协	獨聯體	獨立國協
珀尔	佩儿	珀爾	珮兒

大陆用语（简体）	台湾用语（简体）	大陸用語	台灣用語
珍珠鸟	珠鸡	珍珠鳥	珠雞
疯涨	飙涨	瘋漲	飆漲
神汉	神棍	神漢	神棍
科尔	柯尔	科爾	柯爾
科尔比	考尔比	科爾比	考爾比
科尼利厄斯	康那理惟士	科尼利厄斯	康那理惟士
科伦坡	可伦坡	科倫坡	可倫坡
科纳克里	柯那克里	科納克里	柯那克里
科里	寇里	科里	寇里
科妮莉亚	可妮莉雅	科妮莉亞	可妮莉雅
科拉	柯拉	科拉	柯拉
科特迪瓦	象牙海岸	科特迪瓦	象牙海岸

9
劃

大陆用语 （简体）	台湾用语 （简体）	大陸用語	台灣用語
突尼斯	突尼西亚	突尼斯	突尼西亞
脉冲	脉波	脈衝	脈波
费比恩	富宾恩	費比恩	富賓恩
费伊	费怡	費伊	費怡
费利克斯	菲力克斯	費利克斯	菲力克斯
费迪南德	斐迪南	費迪南德	斐迪南
费思	费滋	費思	費滋
逃课	翘课	逃課	翹課
首长	长官	首長	長官
首脑会晤	高峰会议	首腦會晤	高峰會議
10劃			
倒儿爷	单帮客	倒兒爺	單幫客

9
劃

大陆用语 （简体）	台湾用语 （简体）	大陸用語	台灣用語
借口	借口	借口	藉口
原子反应堆	原子炉	原子反應堆	原子爐
原珠笔	原子笔	原珠筆	原子筆
哥斯达黎加	哥斯大黎加	哥斯達黎加	哥斯大黎加
唐纳休	唐纳修	唐納休	唐納修
埃文	尔文	埃文	爾文
埃丝特	艾丝特	埃絲特	艾絲特
埃尔韦拉	艾薇拉	埃爾韋拉	艾薇拉
埃尔西	艾西	埃爾西	艾西
埃尔坦	爱尔顿	埃爾坦	愛爾頓
埃尔罗伊	爱罗伊	埃爾羅伊	愛羅伊
埃尔娃	艾娃	埃爾娃	艾娃

10
劃

大陆用语 （简体）	台湾用语 （简体）	大陸用語	台灣用語
埃尔莎	爱尔莎	埃爾莎	愛爾莎
埃尔维斯	艾维斯	埃爾維斯	艾維斯
埃尔默	艾尔玛	埃爾默	艾爾瑪
埃尔默	爱尔马	埃爾默	愛爾馬
埃弗利	伊夫力	埃弗利	伊夫力
埃伦	艾伦	埃倫	艾倫
埃米莉	艾蜜莉	埃米莉	艾蜜莉
埃利厄特	伊里亚德	埃利厄特	伊里亞德
埃利斯	艾理斯	埃利斯	艾理斯
埃玛	艾玛	埃瑪	艾瑪
埃里卡	艾丽卡	埃里卡	艾麗卡
埃里克	艾利克	埃里克	艾利克

10
劃

大陆用语 （简体）	台湾用语 （简体）	大陸用語	台灣用語
埃里兹	亚力士	埃里茲	亞力士
埃拉	艾拉	埃拉	艾拉
埃格伯特	爱格伯特	埃格伯特	愛格伯特
埃莱克西厄	亚莉克希亚	埃萊克西厄	亞莉克希亞
埃勒纳	艾琳诺	埃勒納	艾琳諾
埃落伊兹	海洛伊丝	埃落伊茲	海洛伊絲
埃塞尔	艾瑟儿	埃塞爾	艾瑟兒
埃塞俄比亚	衣索比亚	埃塞俄比亞	衣索比亞
埃德	艾德	埃德	艾德
埃德加	爱德格	埃德加	愛德格
埃德温娜	艾德文娜	埃德溫娜	艾德文娜
埃德蒙	艾德蒙	埃德蒙	艾德蒙

10
劃

大陆用语 （简体）	台湾用语 （简体）	大陸用語	台灣用語
家长会	恳亲会	家長會	懇親會
射电天文学	辐射天文学	射電天文學	輻射天文學
射电天文学	电波天文学	射電天文學	電波天文學
射电望远	无线电望远	射電望遠	無線電望遠
席梦思	弹簧床	席夢思	彈簧床
弱智	智障	弱智	智障
恩贾梅纳	恩将纳	恩賈梅納	恩將納
捕获量	渔获量	捕獲量	漁獲量
核武器	核子武器	核武器	核子武器
核武器试验	核子试爆	核武器試驗	核子試爆
核裂度	核分裂	核裂度	核分裂
核聚变	核融合	核聚變	核融合

10
劃

大陆用语 （简体）	台湾用语 （简体）	大陸用語	台灣用語
格令	克令	格令	克令
格伦	葛兰	格倫	葛蘭
格里菲思	葛里菲兹	格里菲思	葛里菲兹
格里塞尔达	葛莉谢尔达	格里塞爾達	葛莉謝爾達
格拉迪斯	葛莱蒂丝	格拉迪斯	葛萊蒂絲
格林纳达	格瑞纳达	格林納達	格瑞納達
格罗弗	格罗佛	格羅弗	格羅佛
格洛里亚	葛罗瑞亚	格洛里亞	葛羅瑞亞
格温多林	关德琳	格溫多林	關德琳
格鲁吉亚	乔治亚	格魯吉亞	喬治亞
格雷格	葛列格	格雷格	葛列格
格雷格里	葛列格里	格雷格里	葛列格里

10
劃

大陆用语 （简体）	台湾用语 （简体）	大陸用語	台灣用語
格雷斯	葛瑞丝	格雷斯	葛瑞絲
桑迪	仙蒂	桑迪	仙蒂
桑迪	山迪	桑迪	山迪
桑普森	辛普森	桑普森	辛普森
桑德拉	珊朵拉	桑德拉	珊朵拉
泰龙	泰伦	泰龍	泰倫
海达	赫达	海達	赫達
海勒姆	海勒	海勒姆	海勒
海湾战争	波斯湾战争	海灣戰爭	波斯灣戰爭
烟碱酸	烟碱酸	煙鹼酸	菸鹼酸
爱迪生	艾狄生	愛迪生	艾狄生
爱斯基摩	埃斯基摩	愛斯基摩	埃斯基摩

大陆用语 （简体）	台湾用语 （简体）	大陸用語	台灣用語
特古西加尔巴	德古斯加巴	特古西加爾巴	德古斯加巴
特立尼达和多巴哥	千里达	特立尼達和多巴哥	千里達
特丽萨	泰丽莎	特麗薩	泰麗莎
特丽斯特	翠丝特	特麗斯特	翠絲特
特丽瑟	特莉莎	特麗瑟	特莉莎
特护病房、重病房	加护病房	特護病房、重病房	加護病房
特鲁德	杜达	特魯德	杜達
特雷西	特瑞西	特雷西	特瑞西
特雷西	翠西	特雷西	翠西
珠穆朗玛峰	圣母峰	珠穆朗瑪峰	聖母峰
班车	交通车	班車	交通車
班主任	导师	班主任	導師

10
劃

大陆用语（简体）	台湾用语（简体）	大陸用語	台灣用語
班吉	班基	班吉	班基
班克罗夫特	班克罗福特	班克羅夫特	班克羅福特
班珠尔	班竹	班珠爾	班竹
留易斯	路易斯	留易斯	路易斯
病人	病患	病人	病患
积累	累积	積累	累積
索马里	索马利亚	索馬里	索馬利亞
索尼	新力	索尼	新力
索菲娅	苏菲亚	索菲婭	蘇菲亞
胰腺炎	胰脏炎	胰腺炎	胰臟炎
航天	太空飞行	航天	太空飛行
航天飞机	太空梭	航天飛機	太空梭

10
劃

大陆用语（简体）	台湾用语（简体）	大陸用語	台灣用語
航天学	太空航行学	航天學	太空航行學
航天舱	太空舱	航天艙	太空艙
莉迪亚	莉蒂亚	莉迪亞	莉蒂亞
莉兹	莉斯	莉兹	莉斯
莉莉丝	李莉斯	莉莉絲	李莉斯
莉莲	丽莲	莉蓮	麗蓮
莉萨	丽莎	莉薩	麗莎
莎伦	雪伦	莎倫	雪倫
莎曼瑟	莎曼撒	莎曼瑟	莎曼撒
莞尔	莞然	莞爾	莞然
莫尼卡	莫妮卡	莫尼卡	莫妮卡
莫伊拉	茉伊拉	莫伊拉	茉伊拉

10
劃

大陆用语 （简体）	台湾用语 （简体）	大陸用語	台灣用語
莫里斯	摩里斯	莫里斯	摩里斯
莫罗尼	莫洛尼	莫羅尼	莫洛尼
莫娜	梦娜	莫娜	夢娜
莫桑比克	莫三比克	莫桑比克	莫三比克
莫顿	摩顿	莫頓	摩頓
莫琳	穆琳	莫琳	穆琳
莫蒂默	摩帝马	莫蒂默	摩帝馬
莫德	穆得	莫德	穆得
莫德斯蒂	摩黛丝提	莫德斯蒂	摩黛絲提
莱尔	赖尔	萊爾	賴爾
莱昂内尔	赖昂内尔	萊昂內爾	賴昂內爾
莱兹莉	雷思丽	萊茲莉	雷思麗

10
劃

大陆用语 （简体）	台湾用语 （简体）	大陸用語	台灣用語
莱南	蓝伦	萊南	藍倫
莱恩	伦恩	萊恩	倫恩
莱索托	赖索托	萊索托	賴索托
莱斯	勒斯	萊斯	勒斯
莱斯特	里斯特	萊斯特	里斯特
诺埃尔	诺尔	諾埃爾	諾爾
诺维厄	诺维雅	諾維厄	諾維雅
调制解调器	数据机	調製解調器	數據機
贾尔斯	贾艾斯	賈爾斯	賈艾斯
贾斯廷	贾斯丁	賈斯廷	賈斯丁
贾森	杰森	賈森	傑森
贿赂罪	行贿受贿罪	賄賂罪	行賄受賄罪

10
劃

大陆用语 （简体）	台湾用语 （简体）	大陸用語	台灣用語
资料处理	资讯处理	資料處理	資訊處理
资料编码	资讯编码	資料編碼	資訊編碼
载人飞船	载人太空船	載人飛船	載人太空船
通配符	万用字元	通配符	萬用字元
通融票据	通融汇票	通融票據	通融匯票
钱宁	强尼	錢寧	強尼
顽磁性	保磁性	頑磁性	保磁性
高水平	高水准	高水平	高水準
高级语言	高阶语言	高級語言	高階語言
11 劃			
停车	泊车	停車	泊車
勒内	蕾妮	勒內	蕾妮

10
劃

大陆用语 （简体）	台湾用语 （简体）	大陸用語	台灣用語
勒娜特	蕾娜塔	勒娜特	蕾娜塔
基加利	吉佳利	基加利	吉佳利
基尼斯记录	金氏记录	基尼斯記錄	金氏記錄
基里巴斯	吉里巴斯	基里巴斯	吉里巴斯
基思	基斯	基思	基斯
基点	原点	基點	原點
基蒂	吉蒂	基蒂	吉蒂
寄存器	记录器	寄存器	記錄器
寄存器	暂存器	寄存器	暫存器
密特朗	米特朗	密特朗	米特朗
秉斯坦斯	康斯坦丝	康斯坦斯	康斯坦絲
彩电	彩视	彩電	彩視

11
劃

大陆用语 （简体）	台湾用语 （简体）	大陸用語	台灣用語
彩电	彩色电视	彩電	彩色電視
悉尼	雪梨	悉尼	雪梨
情报学	资讯学	情報學	資訊學
情报检索	资讯撷取	情報檢索	資訊擷取
情报检索	资讯检索	情報檢索	資訊檢索
捷克和斯洛伐克	捷克斯拉夫	捷克和斯洛伐克	捷克斯拉夫
接口	界面	接口	界面
接口电路	界面电路	接口電路	界面電路
梅丽	梅莉	梅麗	梅莉
梅利莎	蒙丽莎	梅利莎	蒙麗莎
梅莉丝	玛佩尔	梅莉絲	瑪佩爾
梅维斯	梅薇思	梅維斯	梅薇思

11
劃

大陆用语（简体）	台湾用语（简体）	大陸用語	台灣用語
梅雷迪思	马勒第兹	梅雷迪思	馬勒第茲
梅雷迪思	玛莉提丝	梅雷迪思	瑪莉提絲
梵蒂冈	梵谛冈	梵蒂岡	梵諦岡
检票员	车掌	檢票員	車掌
液力传动内燃	液力传动柴油机车	液力傳動內燃	液力傳動柴油機車
液冷式发动机	液冷式内燃机	液冷式發動機	液冷式內燃機
渠道	管道	渠道	管道
猛马象	毛象	猛馬象	毛象
理查德	理查	理查德	理查
盒饭	便当	盒飯	便當
盖尔	加尔	蓋爾	加爾
硅	硅	硅	矽

11 劃

大陆用语 （简体）	台湾用语 （简体）	大陸用語	台灣用語
累加器	累积器	累加器	累積器
维克托	维克多	維克托	維克多
维罗妮卡	维拉妮卡	維羅妮卡	維拉妮卡
维持生活	维生	維持生活	維生
维姬	维琪	維姬	維琪
维维安	卫维恩	維維安	衛維恩
维维恩	维文	維維恩	維文
维塔	维达	維塔	維達
维奥利特	维尔莉特	維奧利特	維爾莉特
维奥拉	维尔拉	維奧拉	維爾拉
聋哑学校	启聪学校	聾啞學校	啓聰學校
脚气	香港脚	腳氣	香港腳

11
劃

大陆用语 （简体）	台湾用语 （简体）	大陸用語	台灣用語
脱机	离线	脫機	離線
荣单	功能表	荣單	功能表
荣单	选单	荣單	選單
菠萝	凤梨	菠蘿	鳳梨
菲力普	菲力浦	菲力普	菲力浦
菲比	菲碧	菲比	菲碧
菲尼克斯	菲妮克丝	菲尼克斯	菲妮克絲
菲奇	费奇	菲奇	費奇
菲茨杰拉德	费兹捷勒	菲茨傑拉德	費茲捷勒
菲莉斯	菲丽丝	菲莉斯	菲麗絲
萨达姆	海珊	薩達姆	海珊
萨那	沙那	薩那	沙那

11劃

大陆用语 （简体）	台湾用语 （简体）	大陸用語	台灣用語
萨克森	撒克逊	薩克森	撒克遜
萨拉	莎拉	薩拉	莎拉
萨拜娜	莎碧娜	薩拜娜	莎碧娜
萨洛米	莎洛姆	薩洛米	莎洛姆
逻辑学，伦理学	理则学	邏輯學，倫理學	理則學
野传	暴投	野傳	暴投
隐身法	隐形术	隱身法	隱形術
黄疸	黄胆	黃疸	黃膽
12 劃			
傣族	摆夷	傣族	擺夷
傣族	掸族	傣族	撣族
储户	存户	儲戶	存戶

11 劃

大陆用语 （简体）	台湾用语 （简体）	大陸用語	台灣用語
博伊斯	柏宜斯	博伊斯	柏宜斯
博依德	布德	博依德	布德
博茨瓦纳	波札那	博茨瓦納	波札那
博格	柏格	博格	柏格
喀土穆	喀土木	喀土穆	喀土木
喜庆节日	嘉年华会	喜慶節日	嘉年華會
喷气引擎	喷射引擎	噴氣引擎	噴射引擎
喷气式飞机	喷射机	噴氣式飛機	噴射機
堪培拉	坎培拉	堪培拉	坎培拉
塔比瑟	泰贝莎	塔比瑟	泰貝莎
塔布	塔伯	塔布	塔伯
塔吉克斯坦	塔吉克	塔吉克斯坦	塔吉克

12
劃

12劃

大陆用语 （简体）	台湾用语 （简体）	大陸用語	台灣用語
塔米	泰蜜	塔米	泰蜜
奥马尔	奥码	奧馬爾	奧碼
奥代莉厄	奥蒂莉亚	奧代莉厄	奧蒂莉亞
奥古斯丁	奥古斯汀	奧古斯丁	奧古斯汀
奥古斯特	奥格斯特	奧古斯特	奧格斯特
奥尔加	欧尔佳	奧爾加	歐爾佳
奥尔斯坦	奥斯顿	奧爾斯坦	奧斯頓
奥尔德利奇	奥德里奇	奧爾德利奇	奧德里奇
奥布雷	奥布里	奧布雷	奧布里
奥托	奥特	奧托	奧特
奥克塔维亚	奥克塔薇尔	奧克塔維亞	奧克塔薇爾
奥利弗	奥利佛	奧利弗	奧利佛

大陆用语 （简体）	台湾用语 （简体）	大陸用語	台灣用語
奥罗拉	奥箩拉	奧羅拉	奧籮拉
奥兹门德	奥斯蒙	奧茲門德	奧斯蒙
奥格登	欧格登	奧格登	歐格登
奥莉夫	奥丽芙	奧莉夫	奧麗芙
奥莉维亚	奥丽薇亚	奧莉維亞	奧麗薇亞
奥斯瓦德	奥斯维得	奧斯瓦德	奧斯維得
奥蒂斯	奥狄斯	奧蒂斯	奧狄斯
奥德丽	奥德莉	奧德麗	奧德莉
奥德莱特	奥蒂列特	奧德萊特	奧蒂列特
富兰克林	法兰克林	富蘭克林	法蘭克林
富纳富提	富提	富納富提	富提
富纳富提	富那富提	富納富提	富那富提

12
劃

12
劃

大陆用语 （简体）	台湾用语 （简体）	大陸用語	台灣用語
嵌套	巢状	嵌套	巢狀
彭	派恩	彭	派恩
彭尼	潘妮	彭尼	潘妮
惠灵顿	威灵顿	惠靈頓	威靈頓
提姆	堤姆	提姆	堤姆
提莫西	帝摩斯	提莫西	帝摩斯
提高	提升	提高	提升
斯大林	史大林	斯大林	史大林
斯里巴加湾港	斯里巴卡旺	斯里巴加灣港	斯里巴卡旺
斯坦	史丹	斯坦	史丹
斯坦利	史丹尼	斯坦利	史丹尼
斯坦福	史丹佛	斯坦福	史丹佛

大陆用语（简体）	台湾用语（简体）	大陸用語	台灣用語
斯威士兰	史瓦济兰	斯威士蘭	史瓦濟蘭
斯科特	史考特	斯科特	史考特
斯泰西	史黛丝	斯泰西	史黛絲
斯特拉	丝特勒	斯特拉	絲特勒
斯普琳	丝柏凌	斯普琳	絲柏凌
斯蒂夫	史蒂夫	斯蒂夫	史蒂夫
斯蒂文	史蒂文	斯蒂文	史蒂文
斯蒂沃德	史都华德	斯蒂沃德	史都華德
斯蒂芬妮	丝特芬妮	斯蒂芬妮	絲特芬妮
斯潘塞	史宾社	斯潘塞	史賓社
普丽西拉	普莉斯拉	普麗西拉	普莉斯拉
普丽默	普莉玛	普麗默	普莉瑪

12
劃

大陆用语 （简体）	台湾用语 （简体）	大陸用語	台灣用語
普里莫	普利莫	普里莫	普利莫
普拉亚	培亚	普拉亞	培亞
普通话	国语	普通話	國語
普雷斯科特	普莱斯考特	普雷斯科特	普萊斯考特
智能测验	性向测验	智能測驗	性向測驗
棒冰	冰棒	棒冰	冰棒
温迪	温蒂	溫迪	溫蒂
温斯顿	温士顿	溫斯頓	溫士頓
游园会	园游会	游園會	園遊會
湮没辐射光子	湮没光子	湮沒輻射光子	湮沒光子
琼	朱恩	瓊	朱恩
登月舱	登月小艇	登月艙	登月小艇

12劃

大陆用语 （简体）	台湾用语 （简体）	大陸用語	台灣用語
登姆普西	邓普斯	登姆普西	鄧普斯
短语	片语	短語	片語
硝棉	硝化棉	硝棉	硝化棉
硬	硬磁碟	硬	硬磁碟
硬件	硬体	硬件	硬體
硬拷贝	硬式拷贝	硬拷貝	硬式拷貝
硬通货	强势货币	硬通貨	強勢貨幣
硬盘	硬碟	硬盤	硬碟
硬盘	硬磁碟	硬盤	硬磁碟
程序	程式	程序	程式
税收面	税基	稅收面	稅基
蒂法尼	帝福尼	蒂法尼	帝福尼

大陆用语 （简体）	台湾用语 （简体）	大陸用語	台灣用語
蒂法尼	蒂芙妮	蒂法尼	蒂芙妮
谢丽	雪莉	謝麗	雪莉
谢丽尔	绮丽儿	謝麗爾	綺麗兒
超声波	超音波	超聲波	超音波
道口	平交道	道口	平交道
道恩	潼恩	道恩	潼恩
锁存电路	闩持电路	鎖存電路	閂持電路
雄酮	雄脂酮	雄酮	雄脂酮
雅尔塔	雅尔达	雅爾塔	雅爾達
雅各布	雅各	雅各布	雅各
雅温得	雅恩德	雅溫得	雅恩德
集市	市集	集市	市集

12 劃

大陆用语 （简体）	台湾用语 （简体）	大陸用語	台灣用語
集成电路	积体电路	集成電路	積體電路
集成电路	集积电路	集成電路	集積電路
集体结婚	集团结婚	集體結婚	集團結婚
集体舞	团体舞	集體舞	團體舞
集装箱	货柜	集裝箱	貨櫃
鲁比	露比	魯比	露比
鲁丝	露丝	魯絲	露絲
黑尔	霍尔	黑爾	霍爾
黑兹尔	海柔尔	黑茲爾	海柔爾
黑登	海登	黑登	海登
13 劃			
勤工俭学生	工读生	勤工儉學生	工讀生

12
劃

大陆用语 （简体）	台湾用语 （简体）	大陸用語	台灣用語
塑料	塑胶	塑料	塑膠
塑料制模型	塑胶制模型	塑料製模型	塑膠製模型
塞巴斯蒂安	夕巴斯汀	塞巴斯蒂安	夕巴斯汀
塞布丽娜	莎柏琳娜	塞布麗娜	莎柏琳娜
塞舌尔	塞席尔	塞舌爾	塞席爾
塞姆	山姆	塞姆	山姆
塞拉利昂	狮子山	塞拉利昂	獅子山
塞浦路斯	赛普勒斯	塞浦路斯	賽普勒斯
塞莱斯特	莎莉丝特	塞萊斯特	莎莉絲特
塞缪尔	撒姆尔	塞繆爾	撒姆爾
微观	微视	微觀	微視
意大利	乂大利	意大利	義大利

13
劃

大陆用语 （简体）	台湾用语 （简体）	大陸用語	台灣用語
意大利馅饼	义大利脆饼	意大利餡餅	義大利脆餅
数据存储器	资讯存储器	數據存儲器	資訊存儲器
新式碟型电视天线	小耳朵	新式碟型電視天線	小耳朵
新西兰	纽西兰	新西蘭	紐西蘭
新疆维吾尔自治区	新疆省	新疆維吾爾自治區	新疆省
暗娼	私娼	暗娼	私娼
概率	机率	概率	機率
滚轴云	卷轴云	滾軸雲	卷軸雲
漠尔斯比港	摩尔斯比港	漠爾斯比港	摩爾斯比港
煤气	瓦斯	煤氣	瓦斯
煤气灶	瓦斯炉	煤氣灶	瓦斯爐
献血	捐血	獻血	捐血

13
劃

大陆用语 （简体）	台湾用语 （简体）	大陸用語	台灣用語
瑙鲁	诺鲁	瑙魯	諾魯
瑟芭丝蒂安	莎芭丝媞安	瑟芭絲蒂安	莎芭絲媞安
瑟莉纳	萨琳娜	瑟莉納	薩琳娜
瑟莫纳	席梦娜	瑟莫納	席夢娜
福利会	爱心协会	福利會	愛心協會
缟玛瑙	彩纹玛瑙	縞瑪瑙	彩紋瑪瑙
缠丝玛瑙	红条纹玛瑙	纏絲瑪瑙	紅條紋瑪瑙
蒙特利尔	蒙特娄	蒙特利爾	蒙特婁
蒙得维的亚	蒙特维多	蒙得維的亞	蒙特維多
蒙博托	莫布杜	蒙博托	莫布杜
蒙塔古	曼特裘	蒙塔古	曼特裘
蒸腾作用	蒸散作用	蒸騰作用	蒸散作用

13
劃

大陆用语 （简体）	台湾用语 （简体）	大陸用語	台灣用語
詹妮	珍妮	詹妮	珍妮
詹妮弗	珍尼佛	詹妮弗	珍尼佛
詹姆	詹姆士	詹姆	詹姆士
詹姆斯	詹姆士	詹姆斯	詹姆士
赖安	莱安	賴安	萊安
赖特	莱特	賴特	萊特
路易丝	璐易丝	路易絲	璐易絲
路易斯	路易士	路易斯	路易士
锗二极管	锗二极体	鍺二極管	鍺二極體
雷切尔	瑞琪儿	雷切爾	瑞琪兒
雷吉	雷哲	雷吉	雷哲
雷阵雨	西北雨	雷陣雨	西北雨

13
劃

大陆用语 （简体）	台湾用语 （简体）	大陸用語	台灣用語
雷金纳德	雷吉诺德	雷金納德	雷吉諾德
鲍里斯	伯里斯	鮑里斯	伯里斯
鲍勃	鲍伯	鮑勃	鮑伯
鲍恩	波文	鮑恩	波文
鲍得温	柏得温	鮑得溫	柏得溫
鼠标器	滑鼠	鼠標器	滑鼠
14 劃			
模拟	类比	模擬	類比
獐耳细辛属 植物	地钱	獐耳細辛屬 植物	地錢
磁层	磁力圈	磁層	磁力圈
磁带	卡带	磁帶	卡帶
磁盘	磁片	磁盤	磁片

13
劃

大陆用语 （简体）	台湾用语 （简体）	大陸用語	台灣用語
磁盘驱动器	磁碟机	磁盤驅動器	磁碟機
磁感应	磁感性	磁感應	磁感性
蔽光框	遮光框	蔽光框	遮光框
赛莉	莎莉	賽莉	莎莉
赫尔达	胡尔达	赫爾達	胡爾達
赫莫瑟	何蒙莎	赫莫瑟	何蒙莎
15 劃			
增长率	成长率	增長率	成長率
德怀特	德维特	德懷特	德維特
德妮丝	丹尼丝	德妮絲	丹尼絲
德洛丽丝	多洛莉丝	德洛麗絲	多洛莉絲
德鲁	杜鲁	德魯	杜魯

14
劃

大陆用语 （简体）	台湾用语 （简体）	大陸用語	台灣用語
摩加迪沙	摩加迪休	摩加迪沙	摩加迪休
摩托车	机车	摩托車	機車
摩根	摩尔根	摩根	摩爾根
撒切尔夫人	柴契尔夫人	撒切爾夫人	柴契爾夫人
潘多拉	潘朵拉	潘多拉	潘朵拉
缭乱	撩乱	繚亂	撩亂
16 劃			
操作系统	作业系统	操作系統	作業系統
激光	镭射	激光	鐳射
激光通讯	雷射通讯	激光通訊	雷射通訊
穆丽儿	缪丽儿	穆麗兒	繆麗兒
穆斯林	穆民	穆斯林	穆民

15
劃

大陆用语 （简体）	台湾用语 （简体）	大陸用語	台灣用語
篮圈	篮框圈	籃圈	籃框圈
糙皮病	烟碱酸缺乏症	糙皮病	菸鹼酸缺乏症
蕾	瑞伊	蕾	瑞伊
薇拉	维拉	薇拉	維拉
赞比亚	尚比亚	贊比亞	尚比亞
赞茜	桑席	贊茜	桑席
避孕套	保险套	避孕套	保險套
霍巴特	霍伯特	霍巴特	霍伯特
霍尼亚拉	荷尼阿拉	霍尼亞拉	荷尼阿拉
霍华德	好尔德	霍華德	好爾德
霍勒斯	哈瑞斯	霍勒斯	哈瑞斯
默尔	莫尔	默爾	莫爾

16
劃

16劃

大陆用语 （简体）	台湾用语 （简体）	大陸用語	台灣用語
默西	玛希	默西	瑪希
默里	玛瑞	默里	瑪瑞
默里	莫雷	默里	莫雷
默林	莫林	默林	莫林
默娜	蜜尔娜	默娜	蜜爾娜
默菲	摩菲	默菲	摩菲
17劃			
戴夫	迪夫	戴夫	迪夫
黛比	黛碧	黛比	黛碧
黛尔	黛儿	黛爾	黛兒
18劃			
彝族	罗罗	彝族	儸儸

大陆用语 （简体）	台湾用语 （简体）	大陸用語	台灣用語
20 劃			
警用摩托车	警用机车	警用摩托車	警用機車
蠕变	潜变	蠕變	潛變

20
劃

國家圖書館出版品預行編目資料

兩岸用語繁簡體對照表 / 蘇勝宏作. -- 初版. --
新北市：華志文化，2012.07
面； 公分. --（口袋書；2）

ISBN 978-986-88258-7-1（平裝）

1. 簡體字 2. 漢語詞典

802.299 101010213

日 華志文化事業有限公司

系列／口袋書 ⓪⓪②

書名／兩岸用語繁簡體對照表

作　　者　蘇勝宏

社　　長　楊凱翔

出　版　者　華志文化事業有限公司

電子信箱　huachihbook@yahoo.com.tw

地　　址　116台北市興隆路四段九十六巷三弄六號四樓

電　　話　02-29105554

總　經　銷　旭昇圖書有限公司

地　　址　235新北市中和區中山路二段三五二號二樓

電　　話　02-22451480

傳　　真　02-22451479

郵　政　劃　撥　戶名：旭昇圖書有限公司（帳號：12935041）

電子信箱　s1686688@ms31.hinet.net

出　版　日　期　西元二〇一二年七月初版第一刷

售　　價　一八〇元

版權所有　禁止翻印

Printed in Taiwan

華志文化

華志文化

華志文化